おしゃれ

先日、ある女性雑誌から、おしゃれの基本について書いてくれ、と頼まれた。その時は興味がなかったので断わったが、それにしてもおしゃれに基本なんてあるのかしら。もしあるとすれば虚栄心ではないのか。前に若い女性たちの間で、乞食《こじき》スタイルというものがはやって、そこら中破けているようなみすぼらしい恰好《かっこう》で粋《いき》がっているのをよく見かけたが、あれだってひと皮むけば虚栄心の裏返しではなかったであろうか。

昔、アメリカにヒッピーと名づける人種がいて、現在もいるかも知れないが、たいへん高級な思想をもっていたようで、高級すぎて私にはよく解《わか》らなかった。たぶんあの真似《まね》が日本に輸入されて乞食スタイルになったのであろう。

今はその反動が来て、おしゃれをすることが一種の美徳とされているようである。若い男性たちがバリバリの洋服を着て、香水をプンプンさせて……よくも恥しくないものだ、と書いて気がついた。――おしゃれの元は虚栄心にあるのかも知れないが、羞恥心《しゅうちしん》を欠いたおしゃれは、おしゃれのうちに入らない。乞食スタイルの方がまだましで、裸にされた虚栄心が、この寒空にみじめな裸体をさらしているように見えなくもない。

最近のファッションはボディ・コンシャスとかいって、バストはどこまでもあらわに、スカートはあくまでも短く、……若くてきれいな女性は何をなさってもいいだろう。それで虚栄心が満たされるものならば、お安いことだが、その一方で、セクハラでいじめられる男性こそいい面《つら》の皮である。

でも、御安心あれ。パリの女性は（そういった方が通りがいいからだが）、流行は流行で守りながら、けっして極端なスタイルには走らない。ファッション・ブックからぬけ出たような男女は、田舎者にかぎる。ここで声を大にしていいたいのは、田舎に住んで、まともな生活をしている人々を、私は尊敬こそすれ、田舎者とはいわない。都会の中で恥も外聞もなくふるまう人種を、イナカモンと呼ぶのである。

私どもの友人のある英国貴族は、――といってもピンからキリまであるが、彼は正真正銘の大貴族で、洋服を作る時、同じものを一ダース注文する。ほんとうはこれ以上の洒落者《ダンディ》はいないのだが、おしゃれには見られたくないからいつも同じ服を着ているように思わせておくのである。

昔の江戸っ子が、結城《ゆうき》のきものを寝巻にして、着馴《きな》れた頃に外出着《よそゆき》にしたのと共通するものがあるが、女性にとっても、おしゃれに見えることは、まだおしゃれが不充分であるからで、一歩先へ出るよりも、一歩退《ひ》いていることの方が、本物のおしゃれだと思う。おしゃれも結構、虚栄心も結構、何事も徹底的にやってみれば、おのずから道は開けるであろう。

（「L&G」一九九一年二月号）

雲になった成田《なりた》三樹夫《みきお》

私は成田三樹夫という俳優が好きだった。きびきびした動作と、ドスの利《き》いた声で、セリフの歯切れがよく、ヤクザ映画で壺《つぼ》ふりの役をすると右に出るものはいなかった。何より陰影の深い顔立ちに魅力があり、無表情でいながら繊細な心理描写に長《た》けていた。

私はせいぜいテレビで見る程度だったから、彼の演技についてくわしいわけではないが、ヤクザが専門と思っていた役者が、NHKの大河ドラマで、藤原頼長《よりなが》を演じた時は感心した。頼長は、平安末期に、当代一の「大学者」と呼ばれた左大臣で、一本気の烈《はげ》しい気性のために身を滅ぼした悲劇の貴公子である。

刺青《いれずみ》のお兄さんと、お公家《くげ》さんでは、天と地ほどの差があるのに、彼のように品のいい立居振舞と、衣冠束帯の似合う役者は、歌舞伎の世界にも稀《まれ》にしかいない。もっとも公家の中にはかなりなワルもいるのだから、案外ヤクザと共通するところはあったのかも知れない。

ワキ役とはいえ、彼が現れると、主役を喰ってしまう場合は多かった。いわゆる「花」のある役者とは違うのだが、しいていうなら黒百合の花にたとえられようか。年をとったら、さぞかしいい老《ふ》け役になるに違いないと期待していたのに、五十をすぎたばかりで亡《な》くなったのは返す返すも残念である。

先日、新聞で、成田三樹夫の句集が出たと聞いたので、読んでみた。『鯨の目』という（無明舎出版）。読んでみて、やはり私が想像していたとおりの、いや、想像した以上の人物であることを知った。

大山桜一樹を見たり見られたり
身の痛みひと息づつの夜長かな
友逝《い》くや手の冬蠅《ふゆばえ》の重さかな
寝返れば背中合せに痛むひと

終りの句には「平成二年病中」とあり、いずれも晩年に近いころの作だろう。その中には、山頭火ばりの句もまじっていた。

ひそと動いても大音響
目が醒《さ》めて居どころがない
力が抜けて雲になっている
山近々と肺ひろがる

山頭火との違いは、どの句にも、病苦に耐えている人間の悲しみと、死んで行くものの諦観《ていかん》が感じられることだ。特に三番目の「力が抜けて、云々《うんぬん》」の句は、至福の境地を想《おも》わせる。時に良寛に似た句が見出《みいだ》されることも、作者の心の優しさを物語っていると思う。

雀《すずめ》の子頭集めて宮まいり
冬の樹や微動だにせず子等《ら》を抱く
柿《かき》喰う児《こ》柿いろの中で眼が笑い

（「L&G」一九九一年八月号）

笠智衆《りゅうちしゅう》だいすき

先週の「週刊新潮」（一九九二年三月十二日号）に、山本夏彦《なつひこ》氏が「笠智衆だいっきらい」という文章を書いていられる。これが物議をかもしたらしく、今週も「笠智衆ふたたび」という題でまたしてもやっつけている。山本さんにも、笠智衆にも、私は一面識もないが、山本さんほどの人物が、一個人の好き嫌いなど論じる筈《はず》はなく、笠智衆が熊本弁しか喋《しゃべ》れない下手な俳優で、そういう役者がもてはやされている世相を批判していることはよくわかる。

もてているのは主として人間に清潔さとか人格者を求める女性たちにで、役者なら「せめて学んで東京弁らしきものを話せ」と山本さんは叱《しか》っているが、東京弁がそれほど美しく、ありがたいものなのだろうか。江戸っ子弁なら、いかにも下町の土に根ざした生きた言葉の気がするが、それさえ今となっては方言で、明治のゴタクサまぎれに出来上ったいわゆる標準語なるものは、それこそ「清潔」で、間違いはないかも知れないが、妙に抽象的で、人間臭さがなく、喋ると翻訳調のセリフみたいになってしまう。おそらく小津安二郎は、「あなたを愛してます」なんて、どの面《つら》さげて恋人にいえるだろう。早い話が、そういう宙に浮いた言葉を笠智衆に喋らせるのがいやで、一生熊本弁で通させたのだろうと思う。

その反対に清水宏は、熊本弁を直さないかぎりオレの写真には出さないぞ、と言ったという。小津は、芸のない笠智衆を、自分の分身であるかの如《ごと》く自由自在に使いこなしたが、清水宏にはできなかった。はからずも私は、この二人の監督を知っており、小津さんが生粋の職人であるのに対して、清水さんはお坊ちゃんだった。

ある時、小津さんはこんなことをいったという。

「君（笠）は、悲しい時には悲しい顔、嬉《うれ》しい時には嬉しい顔、なんか絵に描いたような演技をするね。俺のところでやる時は、表情はナシだ。お能の面でいってくれ」

（『大船日記』）

映画俳優にとって、これは苛酷《かこく》な注文で、本人は無表情でいながら、観《み》る人の心次第でどんな風にもうけとれる。セリフにしても同様で、いわば無芸の芸といったように、自然のままに放っといて見物にゆだねた。今やあのポキポキした熊本弁は、笠智衆だけのものであり、何もせずに突っ立っているだけで周囲に不思議な雰囲気がただよう。

私もそこらのおばさんたちと同じように、そういう笠智衆が大好きである。最近、『おじいさん』という写真集が出たが、おばさんだけでなく、若者たちにも人気があるのは、今は失われた「日本のおじいさん」の姿がそこに在るからだ。何もしないで、ただ、存在するだけで満ち足りている、——世の中にこれほど仕合せなことがあるだろうか。

（「L&G」一九九二年五月号）

能の醍醐味《だいごみ》

「新潮45」に、ビートたけしが連載しているのを愛読している。二度読む気にはなれないが、快哉《かいさい》を叫ぶほど面白い。彼のお喋《しゃべ》りを記者が筆記しているのかも知れないが、テレビの放言より文章の方がずっと身が入っている。よほど頭がいい人にちがいない。

そのたけしが、今度はお能に斬《き》り込みを仕掛けてきた（「週刊文春」一九九一年十一月二十八日号）。たけしとお能ではまことにそぐわないが、これがきわめて正論なのだから愉快である。

なるべくなら全部書きたいところだが、全部書くわけに行かないから抜粋すると、そもそも彼がお能なんか見に行ったのは、「どいつもこいつも浮き足立っているもんで、少しは気を鎮《しず》めてだな、わびとかさびとかに触れるのもいいんじゃないか」てんで、千駄ヶ谷の国立能楽堂へ足を運んだというわけである。

はじめのうちは眠たくて寝ていたが、「後場《ごば》（これ後《のち》シテっていうんだよ、よけいなことだけど——白洲）に入ったら起こされちゃった、鼓《つづみ》がうるさくて。で、最後まで一気に見せられて、いやもうおもしろかったな。……幽玄とか精神文化に関わりがあるのが能だとかいわれてるらしいけど、全然そうじゃない、あれは昔のロックコンサートだぜ」

「能の囃子《はやし》と舞もいいけれど、能面を使う着想も卓抜でさ、お面は何も語らないけどすべてを語るっていうか。一即多、多即一のサンプルかな。これが私の感情なんだって表現を生の顔でやると、それ一個しかない。客の想像力が縛られる。ところがお面っていうのは一個の感情表現なんだけど、同時に表現の消去でもあって、見るものによってどうとでもなる」

文句をいえば、謡《うたい》の言葉がわかんないのが欠点だと彼はいうが、日本のガキどもが外国語の意味もわからず歌ってるのと同じことで、要は「ノリ」なわけだから、お能はM・C・ハマーにだってひけをとらない。ノリ一筋の馬鹿《ばか》ばかりでなく、前衛音楽好きのヤツもどんどんファンになっちゃうよ。……

と、まあそういった次第なのだが、私が子供の時からお能にとりつかれたのもまったく同じものなのだ。今でもノッテ来ると、見物席でじっとしているのに精一杯である。だいたい、一糸乱れず、几帳面《きちょうめん》で、見ていてドキドキしないような、踊り出したくならないような演技なんて、何が面白い？　室町時代の世阿弥《ぜあみ》の頃はみんなそうだったに違いないが、ビートたけしの新鮮な眼は、はからずもお能に一番大切な、原初的なものをとらえて見せてくれたのである。

たけしさんは、オツに澄ましたババァの見物人が気に入らないようだが、たまには私みたいな非文化的ババァもいることを、忘れてほしくないね。

（「L&G」一九九二年二月号）

鮎《あゆ》だより

毎年梅雨の頃になると、京都の平野屋さんから「鮎だより」が送って来る。小田原提灯《ちょうちん》というのだろうか、少し長めの折りたたみ式の提灯に、朱の鳥居が描いてあり、その下に「平野屋」と書き、鮎だより申し上げます、と記してある。

ああ、今年も鮎の季節になったナ、そう思ったとたんにそわそわして落ち着かなくなる。ただの葉書か広告であったなら、捨ててしまうかも知れないが、心のこもった趣向がうれしくて、何となく鴨居《かもい》の隅にかけている間に提灯が十いくつもたまってしまった。今年は運よく仕事があったので、「鮎だより」を貰《もら》うとすぐ京都へ飛んで行き、昨夜帰宅したばかりである。

この頃平野屋さんはテレビにも時々出るので、御存じの方も多いと思うが、テレビによって毒されていない極《ご》く少数の料理屋の一つである。場所は、提灯の絵が示すように、愛宕山《あたごやま》一の鳥居のネキ（かたわら）にあり、京都では「鳥居本の平野屋」で通っている。私は子供の頃から、少くとも年に一回、時には二、三回も通っているから、お客としては古い方だろう。

鮎の名所は諸々方々にあるが、鮎そのものがどんなにおいしくても、焼きかた一つでうまくもまずくもなる。平野屋さんはその焼きかたが芸術的に上手なのだ。

「この鮎は泳いでいない」

と、昔おかみさんは父親に叱《しか》られたと聞くが、お皿の上で生きているように躍っている。鮎は清滝川の上流のものだから問題はないにしても、時々「奥さんにあげる鮎は今日はありません」と断わられる場合もあり、そういうのがほんとうの親切だと私はありがたく思っている。

今度の旅では、新幹線を降りて、真直《まっす》ぐ奥嵯峨《おくさが》めざしてタクシーを走らせたが、暑い日がつづいていたので常よりも鮎はよく育ち、食べごろであった。養殖のものとは違って、天然の鮎は生きるのに苦労しているから、塩焼きになっても恐《こわ》い顔をしている。獲物を狙《ねら》うように眼をカッと見開き、口も嚙《か》みつかんばかりに大きく裂けている。そういう表情を見ていると、食べるのが気の毒になるが、そうかといって食べないのは鮎に対して失礼なことになろう。口に入れたとたん、香魚と呼ばれるにふさわしい香りが満ちあふれ、五臓六腑《ごぞうろっぷ》に沁《し》み渡って行く。その時、鮎は、並の人間には及びもつかぬほどの喜びを与えることによって、めでたく成仏《じょうぶつ》するのである。

平野屋は今のおかみさんで十三代目になるというが、娘さんも年ごとに立派な後継ぎに育っており、何百年もかかって代々そんな風にして仕込まれて来たのであろう。出て来る料理も、自家製のつき出しから漬物に至るまで、十年一日どころか、七十年一日の如《ごと》く、いささかの変りもない。

変らないといえば、田舎家風の店のたたずまいも、軒先におかれた赤もうせんの縁台も、たっぷりした形の嵯峨提灯に至るまで、かつて愛宕詣《もうで》の人々に、甘酒や茶をふるまっていた頃と寸分の違いもないだろう。ホテルでも料理屋でもイメージチェンジとかいって、何もかも目まぐるしく変って行く時代に、平野屋さんのこの息の長さはお見事というほかはない。私は古いものは何でもいいといっているのではない。古いものを実に自然に、愛宕山の風景の中に生かしつつ、客にひとときの安らぎを与える。それはもはや一つの「芸」の域に達しており、おかみさん親子の身についた立居振舞には、昔見た名優の舞台姿を彷彿《ほうふつ》とさせるものがある。

年をとると、平野屋さんで鮎を食べるのも、これが最後ではなかろうか、と毎年のように思う。別に鮎にかぎるわけではない。花を見ても、月を眺めても、そのような想《おも》いは、年とともにいよいよ深く、こまやかなものになって行く。これを老人に与えられた神の恩寵《おんちょう》と思って感謝しているのだが、私はよほど楽天的にできているのだろうか。それとも欲張りなのであろうか。どちらにしても、人間にはこんな風にしか生きられないというものがあり、死ぬまではそんな風に生きて行くしかないと覚悟している。

（「ふかみどり」一九九〇年十二月号）

なんとかなるサ

私は子供の時からお能に親しんでいたので、「この世は仮りの宿」とか、「中有《ちゅうう》に迷う」とか、「此岸《しがん》から彼岸《ひがん》に至る」とか、「生死《しょうじ》を離れる」などという言葉を、もの心もつかぬうちに覚えてしまった。頭が覚えたのではなく、まるで毛穴から浸透するといった工合に、そういう言葉の毒に全身が冒されていた。あえて毒といったのは、ほんとうに知っているわけではないのに、すべて解《わ》かったような気がしていたからで、知識で頭でっかちになるよりも、これはいっそう始末に悪いのである。

てっとり早く仏教の信者になればよかったろうに、今の仏教界にそれほどの魅力はない。個人的には尊敬しているお坊様が一人か二人いられるが、信仰してもいないのにそういう方々をわずらわすのはいやである。というわけで、いたずらに年をとってしまったが、まわりを見回すと、頼りになる友達はいなくなり、夫も死んでしまって、ほんとうに独りぼっちになった感がする。淋《さび》しいことも事実だが、それより自分ひとり生きているのが不思議なような心地がして、早くどうにかしなければならないと思う。はっきりいえば、このまま死んでしまうのは御免だという意味である。

生来、楽天的なせいか、この独りぼっちという実感は、淋しいけれども悪くはない。ふつう一般の人々は、そんな体験は若い時に卒業してしまうに違いないが、そこが私の間抜けなところであるとともに、チャンスもなかった。が、ひたひたと押しよせる老いの波というものは、若い時の孤独感とはおのずから違うであろうし、チャンスがなかったのは運がよかったのかも知れない。

考えてみると、私は今まで殆《ほと》ど過去を振り返ったことがなかった（たまに昔の話をしてくれと頼まれることはあっても、そんなものは過去のうちには入らない）。が、あとに残された時間――それは五分先か十年先か解からないが――を考えると、私を支えているのは過去の経験しかないことに気づいて、愕然《がくぜん》とするのである。

なんといっても世間見ずのことだから、大した経験をしたことはないけれども、若い時に死にかけたことが三度ある。三度とも意識不明になって、心臓さえもてば助かるかも知れないという状態であった。危篤《きとく》だというので、家族がベッドのまわりに集まっていた。こっちは意識がないのだから、何も解からない筈《はず》だのに、周囲で行なわれていることは逐一知っていた。文字どおり、無意識のうちに、自分の今おかれている立場を認識して、いくらか滑稽《こっけい》にさえ思ったものである。

ああいう気持ちをなんと説明したらいいのだろう。針が落ちる音でも聞こえる、ということがあるが、意識はなくても、聴覚は極端に鋭敏になり、遠くの部屋でひそひそ話をしている人達の話の内容まで聞こえて来る。心臓さえもてば助かる、といったのはお医者様で、その後で先生は、スポーツはしていらっしゃいますか、と聞かれた。耳だけではなく、目もつぶっているくせに、何もかも見えており、ただ口だけは利《き》くことが出来ずにいた。意識はないのだから、むろん痛くも苦しくもない。むしろ身体《からだ》中が透明になって、軽くなり、宙に浮いているような感じがした。

だから、そんな話を耳にしても、私の精神にはなんの影響も及ぼさなかった。一度は死んだ母が出て来て、ああ、自分も死ぬのだと思ったが、ちっとも怖くなかったし、あわてふためきもしなかった。それより意識が醒《さ》める時の方が苦しくて、「生きる」というのはほんとうにたいへんなことなのだ、と思った。

生死の境をさまよったことのある人は、誰でも似たような経験をするのかも知れないが、それから五十年も経《た》った今日でも、今のことのようにまざまざと覚えているのは、強烈な衝撃を受けたからに違いない。しかも三度まで同じような目に遭ったとは、よほどシンが丈夫なのか、業《ごう》が深いので助かったのであろう。少々生意気ないいかたをすれば、あのような経験は、神様から賜ったメッセージのような気がしてならない。

なんのテレビであったか、途中から観《み》たのでよく覚えていないのだが、たしかシュワイカートというような名前の外国人が、宇宙船のカプセルの外へ出て、中空にただよっていた時の体験を語っていた。宇宙飛行士ではなく、いずれ名のある学者なのだろうが、その方面の知識にうとい私には、科学者なのか、哲学者なのか、見当もつかなかった。

そのシュワイカート氏によれば、宇宙の中に浮いていたのはわずか五分間であったが、自分が一生の間にしてきた出来事が、その一点に集約されて還《かえ》って来た。まさにその時、生死の瞬間を体験していることを自覚したという。それは何かやる（DOING）ではなくて、ただ存在する（BEING）としかいいようのない体験で、その瞬間を瞬間たらしめる、あるいはその瞬間を豊かな充実した生命で満たしているといったような、さまざまの表現を用いたが、とても言葉では説明しきれぬもどかしさが感じられた。

宇宙旅行なんかにおよそ縁のない私だが、その話には感銘を受けた。表現は違うけれども、あの死にかけた時の精神状態に、なんとよく似ていたことだろう。私はまだ若かったから、「その一点に集約される」ほどの人生経験はなかったが、子供の時から親しんでいたお能は、私の身心に動かしがたい刻印を残していた。面や装束その他でがんじがらめにされた肉体は、舞台の上で完全に自由を奪われ、自意識なんか顔を出す隙間《すきま》もない。スポーツ選手がいうように、そこではふだんの稽古だけがものをいうのであったが、そういう「無」の状態を人工的につくるべく、お能は六百年もかけてひねくれた工夫を凝《こ》らしていたのである。

そこで演じるものはといえば、他界からおとずれる神や霊魂、もしくはそれに準ずる巫女《みこ》やものぐるいのたぐいで、舞台は現実から遠く離れた別の世界を形づくっている。次第に全身は透明になってゆき、それと反比例するように精神は極度に緊張する。緊張するというより、集中するといった方がいい。見物人の身動き一つも見逃さないし、見物席で交わされる私語は、その内容まで手にとるように解《わ》かる。実に面白いことは、(それは別世界の出来事だから)それによって心が乱されることはまったくなく、もし乱されたらお能はその場で崩れ去るだろう。

ここまで書けばもう読者は解かって下さるに違いない。病《やまい》が偶然もたらした意識不明の状態は、舞台に在る時の心理と寸分違《たが》わぬものであることを。もしそれが無重力の宇宙飛行の体験に比すことが出来るならば、そこに東西の文化を結ぶ狭き門の鍵《かぎ》が見出《みいだ》されるかも知れない。私の経験は、日本の文化のごく限られた一部分にすぎないが、「この世は仮りの宿」とか、「生死の境」といったような、日本の歴史に深く刻みつけられた思想は、そこでは抽象的な概念ではなく、お能のすべてにわたる形式の中で、身体で表現することの出来る生きた言葉なのだ。それはお能ばかりでなく、日本の文学その他の芸術にも、その気になれば見出すことの出来る不滅の信仰であると思う。

〈なんとかなるサ〉といういささか不謹慎な題名は、私の死生観について書けといわれ、とっさに浮かんだ題である。そんな重大な問題に直面して、なんとかなるサ、と思う以外にいったい何が出来るだろう。なんとかなったかも知れないし、ならなかったかも知れない。それは読者の判断にお任せする。

（「新潮45」一九八七年十一月号）

*

*

韋駄天《いだてん》夫人

「韋駄天マダムっての、書けヨ」

口が悪いんで有名な大岡昇平さんにそういわれたことがある。たぶん、何かに夢中になって馳《か》けずり廻っていた頃のことらしい、忘れてしまったが、その時は、馬鹿《ばか》にするにも程があると、心穏かならぬものがあった。

もっともこの名前を最初につけたのは青山二郎さんで、やはり内心穏かでなかったが、綽名《あだな》だけなら苦笑いで済む。それがわずか数年たった今日、まさかこんな題で書こうとは夢にも思わなかった。が、現にこうして書いているのをみると、自らこのあまり有難くない異名を認めざるを得なくなったのであろう。実にそう云《い》えば私は韋駄天だった。年とともに落着くどころかますます甚《はなは》だしくなる傾向にある。

韋駄天とは、ひと口にいえば足が早いことである。それだけなら結構だが、私の場合、無秩序、無鉄砲、無制限、その他さまざまのろくでもない尾鰭《おひれ》がつく。たとえば、当時、私は陶器に凝っていた。先生は青山さんだったが、焼きもののことなぞ知りもしないくせに、いきなり唐津とか井戸の茶碗《ちゃわん》に飛びついた。まったく向う見ずの性分からで、虚栄心でも観念でもない、と思うのは小さな時から支那《しな》陶器や色絵の類《たぐい》は見る機会があり、感心はしても買うまでは行かず、またそれだけの理由で骨董《こっとう》なんか買えるものではないからである。

先生は、私のことを生意気だといい、解《わか》りもしないくせに難しいものに手を出すな、といった。一事が万事、だからこその叱言《こごと》だろうが、中々耳をかすことではなかった。これは前にもどこかに書いたことだが、唐津が出た、と聞くより早く飛んで行く。勿論《もちろん》、お金なんかあったためしがない。被害者は主として壺中居《こちゅうきょ》の広田熙《ひろし》さんだったが、ひったくるようにして青山さんの所へ自慢しに行くと、大抵の場合、「それは俺が持っていたもんだよ」といわれ、がっかりした。いつかは一度出しぬいてくれん。ひそかにそう思っていた矢先、ふとした機会に、熙さんが、自分の所蔵品を見せてくれた。私が新米なので気を許したのと、教えてくれるつもりだったのと、自慢したい気持も多少は交っていたに違いない。唐津の筒茶碗の逸品だった。もっとも、こういう種類の焼きものは、好きな人にとっては涎《よだれ》がたれる代物《しろもの》だが、いわゆる世界的一流品を目指す人々は見向きもしない、といって、げて物屋には上手物すぎるというこみ入った存在なのである。したがって値段の方も、その好き程度によってまちまちだが、惚《ほ》れた弱味でつい高く出すのがオチである。熙さんは、私が目の色変えたのを見て、チラと見せたきり、そそくさと片づけてしまった。ぜひほしいといったが、言を左右にして動かない。ねえ、あたしに譲ってよ、売って頂戴《ちょうだい》ね、甘ったれ声を出しても、涙ぐんでみせても一向ダメである。——この時の執心ぶりについては、後で青山さんに、「あの婆《ばあ》さん、色仕掛で来やがる」といったそうである。ひどい奴《やつ》もいるものだ。

さて、私の方は決してそのままではおさまらない。どうにかして取ってやろうと思うが、熙さんはにやにや笑うばかりである。ある時、何かの用事で、お宅へ電話すると、奥さんが出て来て、今旅行中だという。

「例の唐津ね。あれは私が頂きましたから、届けて下さらない」そういうと、正直な奥さんは、気の毒にも、毎度おそれ入りますとか何とか御丁寧にお礼までいって、早速小僧さんに持たせてよこした。あまりあっけなく手に入ったことで、私は少時ぼんやりしてしまったが、一週間ほど経《た》って御主人が帰って来ると、騒ぎである。今度は、向うの「色仕掛」がはじまった。毎日、電話がかかって来る。困りますよ、あれは手放せないんだ、お願いだから返して下さい。いい気味である。こちらはどうせ買うつもりなのだから大して悪いことをしたとも思えない。が、何しろ相手が悪かった。当時としては、法外な値をつけてみたものの、頑として譲らない。これには私も困りぬいた。ついに、どうしても売るのはいやだ、そのかわり私があきるまで一年でも二年でも借してあげよう、そういう条件づきで妥協が成立った。今、その茶碗は持主の所に返っているが、もう七、八年も前の話である。が、陶器はいよいよ解らなくなるようだし、私は依然として生意気でいる。韋駄天としては、人間がそう容易《たやす》くは変らぬことが、頭痛の種の一つである。といって、いくら馳足《かけあし》で走り廻ろうが、頭で思いめぐらそうが、実際には、この世の中の何一つ変りはしない、ただ変化するように見えるだけのことだ。と、そう知ることさえ、一体何を意味するであろうか。

だが、この韋駄天という名前、そう捨てたものではない。聞く所によれば、何でも風の如《ごと》くに疾走する印度の神様とかで、お釈迦《しやか》様の骨が外道《げどう》に盗まれたとき、世界の果てまで追っかけて、首尾よく奪い返したという。さらば我も祖先の名誉にあやかって、持って生れた無鉄砲を真実の勇気に、無秩序を自由な魂に、無制限を豊富な生命に、変えずばなるまいと思ってみるのだが、思うほどには行かない所がままならぬ浮世である。せっかちだから怪我《けが》もするし、軽率だから失敗もやる。失敗は成功の元、なんていうけれども、私にとっては、ただ我と我身を嚙《か》むだけで、成功なんてひっぱれば延びるゴムみたいに、永久に手の届かない遠くの方にあるものだ。

というわけで、今の所、仏舎利どころか「犬も歩けば棒に当る」程度の話しかない。

今、私は軽井沢に来ているが、梅原龍三郎《りゅうざぶろう》氏も年の半分はここに住んでいられる。先生は、最近、最愛の御子息をなくし、これは何とも申上げようのないお気の毒なことであった。なるべくならそっとしておいて上げたい、とは思うものの、やはり何とかしてお慰さめしたい、と韋駄天なみの智恵《ちえ》を働してうかがったのがそもそも間違いのもとであった。

玄関にあらわれた先生は、案外お元気で——その元気さがまたひとしおお気の毒でならなかったが、今日はあの話には触れないつもりなので、すべてを無視してすすめられるままに杯を重ねた。ビールからウィスキーにうつった時、先生は妙にあらたまった顔つきで、「実は、お願いがあるんだが、聞いてはくれまいか」といわれる。こちらは何でもしてあげる気でいたから、聞かない前に二つ返事で引受けてしまった。そういう所がそそっかしいのだが、さてその話はといえば、いかに図々《ずうずう》しい私でも承諾しかねる難題であった。梅原さんの絵に、讃《さん》をしてほしい、というのである。私は字は下手だし、書くことも好きではない。が、たまたま筆で書いた手紙を先生が見て、何かの風の吹きまわしで気に入られたのらしい。柄にないことはしない方がいいとその瞬間はそう思った。

飲むほどに酔うほどに、先生も私も、傍らにいられた奥さんまで、ほんとに元気になって来た。梅原さんは、すすめ上手である。ウィスキーからコニャック、ついにシャムペンまでぬいて下さる頃には、実に申しわけないことだが、何もかも忘れはてていい御機嫌になっていた。頃はよし、と思ったか、どうか知らないが、先生は私を、二階の画室にひっぱって行った。美しい絵が目の前にあった。業平《なりひら》が、浅間山を眺めている図で、人間は下の方におり、三分を残してあの北京の空と同じ空が画面一杯に降りて来ている。

「伊勢物語のあの浅間山の歌は何というんでしたかね」

「信濃なる浅間のたけに立つ煙……」

いつの間にか私は、太い筆にたっぷり墨をふくませて、書きなぐっていた。空に文字書くおもいで、サインまでして、上機嫌であった。

その翌朝は早く眼がさめた。宿酔《ふつかよい》のぼんやりした頭に、昨日の状景がきれぎれに浮ぶ。またやっちまった、という悔恨と、大丈夫だったかしら、という不安が、その間を縫う。だが、大丈夫だった筈《はず》はない、いやとんでもないことをしでかした。とやがて気がついた時にはベッドの上にとび上った。

信濃なる浅間のたけに立つ煙、そこまではよかった。が、その辺から少々怪しくなって、下の句の「遠方人《をちかたびと》の見やは咎《とが》めぬ」を、「遠近人《をちこち》のありやなしや」とやったのである。有名な浅間の歌と、都鳥の歌が、ごちゃまぜになった。今さらお詫《わび》なんかいえたものではない。そのとおり書いて使に持たせると、折返し御返事がとどいて来た。

梅原さん特有の名文で、字句の違いなんか少しも御懸念《けねん》には及ばない、自分なんかそんな間違いはしじゅうやって平気である、云々《うんぬん》と、まことに懇切丁寧を極めたお手紙であった。これではどちらが慰められているか知れたものではない。私のすることは、結果として、いつでもそんな不味《まず》いことになる。一日とて、めでたく終ったためしはない。が、そんなことはいくら悔んでみても始らないだろう。徒然草《つれづれぐさ》の中に、こういう話がある。ますほの薄《すすき》、まそほの薄なぞというが、どちらが正しいだろうと議論になった時、誰かが、わたのべの聖《ひじり》なら知っているといった。傍らにいた坊さんが、すぐ立上って、雨の降りしきる中を聞きに行こうとしたので、そんなにあわてることはない、雨が止《や》んでからにしたらどうかと止めた所、「人の命は雨の晴れ間を待つものかは」と言い捨てて走り去った。兼好法師は、「この薄をいぶかしく思ひけるやうに、一大事因縁をぞおもふべかりける」といっている。末世滅法の世の中に、仏におもいを凝らした韋提希夫人《いだいけぶにん》は望むべくもないが、せめて失敗をしながらも韋駄天を目指す所以《ゆえん》である。

私は去年の春から、銀座に「こうげい」という店をやっている。よん所なく引受けたことで、買って出たわけではないけれども、商売なんか向く筈がない所が魅力だった。韋駄天はまた天邪鬼《あまのじゃく》の兄弟分でもある。勿論、信用なんかある筈はない、友達は皆、正子さんのやってる店ならさぞかし高いだろうと買いに来ない。私の希望としては、いいものをなるたけ、安く売りたいというのが目的だから、心外なことおびただしかったが、そのかわりフリのお客は正子さんを知らないから来てくれて、一年やっているうちにどうやらお客もついて来た。今ではれっきとした「こうげいのママさん」である。はじめてそう呼ばれた時はうれしかった。私は戦争中から現在の鶴川村《つるかわ》に住んでいるが、移って間もなくのある日のこと、昼寝をしていると枕元《まくらもと》で「ママ、ママ」と呼ぶ声がする。子供だろうと思って起上ると、子供には違いなかったが、近所のお百姓さんの坊やが蕨《わらび》をつんで持って来てくれたのであった。家の子供達が、ママと呼ぶのを聞いて、そういうものだと思ったらしい、今「こうげいのママさん」と呼ばれると、その時と同じ程うれしくてぞくぞくする。が、ぞくぞくなんかしてるうちは未だほんものではないのだろう。

だが商売ともなれば、そんないいことばかりではなく、いやな話は日々枚挙にいとまもない。これは誰にとってもそうだろうから割愛するが、ものは此方のとり様一つで面白くもなる。前に、よん所なく引受けたといったが、たとえば、その前任者の不行届きから、検事局まで出頭を命ぜられたのは、私としては興味ある経験であった。さいわい何事もなく却下されたが、調書をとられる時、感想を聞かれたのには、面白いともいいかねてちと弱った。

京橋署の地下室みたいな所を降りて行くと、豚箱の隣りに刑事の部屋がある。ほんとに罪を犯してひっぱられたら、どんなに恐《こわ》いことかと想像しつつ、訊問《じんもん》に答えていたが、私は当時店のことにはタッチしていなかったので、そう答えると、刑事はそれに「達知」という文字を当てた。成程、こんな英語ももう漢字で書かれる程一般化されたのか、と感心したり、手縄つきの若い男に気をとられて見当違いの返答をしたり、見るもの聞くもの珍しいことばかりであった。後から考えてみると、さぞかし間ぬけな答え方をしただろうと、刑事や検事が気の毒になったが、あっさり終ったのはその為《ため》かも知れない。いつでもそんな風に後から気がつくのが、韋駄天夫人の特長である。

こういう傾向は、決して今はじまったことではない。

終戦直後のある晩、小田急に乗ったら、その頃は未だ珍しいGI達が沢山乗っていた。日本人は隅の方にかたまって、そこだけ席があいている。しめた、と思って人相の悪い兵隊達の間にわり込んだら大変なことになった。つづいて乗って来た人達がなぐられかかったのである。戦後のこととて、彼等も気が荒かったし、その上酔っていたらしい、「ストップストップ、止めなかったら只《ただ》じゃおかないわよ」そういう意味のことを、とっさに叫ぶと、そこはレーディ・フワーストの国がら、忽《たちま》ちおとなしくなって事なきを得た。が、それも後で考えてみると、おかしなことである。何が、只じゃおかないのか、たぶんGI相手に一人で喧嘩《けんか》を買う気であったらしい、その頃は未だ私の韋駄天も勢がよかったのである。

お花を習えば、枝をつめすぎて、最初から短く切る人ははじめてだと笑われた。お能の舞台では、落ちやしないかと、何度先生をひやひやさせたかわからない。スポーツは何でもやったが、巧《うま》くなったものは一つとしてない。巧くなる暇がなかったからである。なかんずく、乗馬とかスキィとか、スピードのあるものを好み、ひいては飛行機、自動車、オートバイ、早いもの程魅力があった。そうして、坂道をころがり落ちるみたいに、止め処《ど》なく回転するのが恐しく、その恐しさに陶酔した。が、いくら走り廻ってみても、しょせん、観音様の掌《てのひら》の上の出来事にすぎない、飛行機に乗った

ところで、一歩も地上を離れられるわけではない。大分前のことだが、小林秀雄《ひでお》さんに、

「あんた、いつ鹿児島から出て来たの？」

と真面目《まじめ》な顔で聞かれたことがある。私は先祖代々鹿児島人だが、むろんお国には住んだことはない、酔っているにしても、ずい分突拍子もない質問だと可笑《おか》しかったが、今にして思えば、これ程真をうがった言葉はない。外国の教育も、社交界のしきたりも、ついに持って生れたものを変えはしなかった。その時々でどんなに見えようと、あたしは生来の野蕃人《やばんじん》、神代以来ハダシで野山を駆けめぐった獣面人身の薩摩《さつま》隼《はや》人《と》なのであろう。かえりなん、いざ。だが、何処へ。それは私にもわからないし、また知ろうとも思わない。

（一九五七年ダヴィッド社刊『韋駄天夫人』所収）

銀座に生き銀座に死す

むうちゃんが死んだ。

寝床の中で、両足をしばり、湯たんぽを入れて、死んでいた。枕元《まくらもと》には、遺書があり、検死はなるべく簡単にして貰《もら》うこと、誰にも知らせず、葬式もあっさりと、無縁仏にでもしてほしい、そういった意味のことが記してある。もう何もかも面倒くさいという風で、がま口には、二十円残っていた。

一人のバアの女が、世をはかなんで自殺した。いかにもありふれた事件である。かわいそうに。そうして今夜もすぎ、明日は忘れてしまうだろう。ことに春さきは、日に何十件もある事件とあっては、取りあげる新聞もなかった。

すべては、本人の望みどおり過ぎ行くかと見えた。それは私達のねがいでもあった。が、坂本睦子《むつこ》の場合、物事はそう簡単に運ばないことを、やがて知らされるに至った。

お通夜《つや》の晩、そこにいたのは二十人足らずだが、――またそれだけで一人住みのアパートは階段まではみ出してしまったが、銀座の方々のバアでは、想《おも》い想いの、しめやかなお通夜がいとなまれていた。それらの人々は、或《ある》いは会社員だったり、美術商だったり、文士だったりした。謹厳実直な銀行員が、ジャーナリストをつかまえて、

「僕の話し相手はむうちゃんだけだったのに」

とかきくどいているかと思えば、まだ出たての女の子が、お客をほったらかして、

「あたしを置いてきぼりにしちゃった」

と嘆いている。

みな自分だけが愛されたと思ってるらしい。それは正岡子規の涅槃《ねはん》をよんだ歌、――上《かみ》の句は忘れてしまったが、死んだ仏様をかこんで、「象蛇どもが泣き居るところ」というあの場面を思い出させる異様な風景であった。

夜の銀座が、主客ともども一つの悲しみにぬりつぶされるのは未《いま》だかつてないことだ。お互いに似ても似つかぬ人種が集まって、それぞれの想いにひたり、ひたり切っていられることは、それは殆《ほとん》ど幸福にさえ見えた。一生のうち何度私達はこういう光景に出会えることだろう。

むうちゃんの部屋での集まりも、ほぼ似たような風景だった。めったとこういう席でお目にかかれない小林秀雄、青山二郎、大岡昇平などの顔が見えた。自殺という陰

惨な死因にもかかわらず、暗い影はなく、涙をこぼすことさえはばかられた。何かといえば泣くんで有名な酒場のマダムも、静かにしていたし、ブンケのバアテンさんは、――ブンケというのはむうちゃんが客分として働いていたバアだが、先週は店をしまっての帰りに、むうちゃんと夜桜を見物して歩き、青山墓地の真ん中では、「ここが一番きれいだわ」といって、わざわざ車から降りてたのしそうに眺めたことなどを語った。

正確にいえば、息をひきとったのは四月十五日の明け方で、発見されたのは翌十六日の朝だったが、その前夜にはお風呂《ふろ》に行き、ふだんはあまり口をきいたことがない大家さんと立ち話をし、夜に入って睡眠剤を飲み、例の湯たんぽまで入れて死の床入りをしたわけだが、その直前の行動については今となっては知る由《よし》もない。

ただ、その日はしきりに出たり入ったり、忙しそうにしていたのが、いつもはひっそり暮らしていた人だけにおかしい、それも後になって考えれば、――と隣人は語ったが、お風呂からの戻りに、アパートの入り口でぱったり出会った時、むうちゃんは、何もいわずにニッコリ笑ったという。

それを最後に、永遠に消え失《う》せてしまったが、彼女は前にも何度か自殺をはかったことがあり、その点では練習の積んだ玄人《くろうと》であった。今度のことでも、よほど以前から準備したらしく、来週からもうブンケには出ないといったそうだし、まだ寒い頃にも、そういえば、春には止《よ》すといっていた。荷物も片付けてあるし、手紙の始末もしてあった。どこを見ても、取り乱した跡は一つもない。

彼女は桜の花が好きだったが、その散る頃に死にたかったのだろう。先日、桜の下で写真をとる時も「桜の精みたいにうつしてね」といったそうである。ゆっくりお花見までして死んだその落ち着きぶりには、何か容易ならぬものが感じられる。

だが、そんなことはいくら並べたててみても仕方ない。それより、無名の一女性のために、かくも大勢の人達が悲しみをわかち合い、それが少しもいやな印象を残さず、一つの美しい像《すがた》に結晶されている、その稀有《けう》な事実に驚くべきであろう。華やかなバアのマダム列伝の中には、決して加わることのない女性だったが、わずか四、五回しか会ったことのない新聞人まで、たとえば次のようなことをいう。二十日の夕刊にのった記事である。

……きのうは、華やかな前半生と、孤独な後半生を、自らの手で断ち切った人の葬儀があった。

……春も盛りというのに、冷たい荒い風の吹く日だった。古い寺の本堂に坐《すわ》って、香煙と読経《どきょう》の中に瞑目《めいもく》していると、不思議な心の安らぎを覚える。……そんな気持を起させる所に、ホトケとなった故人の功徳《くどく》があるのだろう。

まことに、その言葉どおりの、和《なご》やかな葬儀であった。義理で現れたものは一人もいない。私は、葬式というものが、親類縁者にとって行なわれるものでないことをはじめて知った。

＊

世の中にもし幸福というものがあるとすれば、それは他人に喜びを与える以上の幸福はない。そして、そのために、人はどれだけのことを忍ばねばならぬものだろうか。はた目には、単に「華やかな前半生と、孤独な後半生を」送ったように見えるむうちゃんも、実は神様から選ばれた極く少数の真に「幸福な」人間の一人であった。そのことは、死んでよけいはっきりしたように思うが、そういう女性と、たとえしばしでも付き合うことのできた私は仕合わせであった。彼女とは、十年越しの友達だったが、私には束《つか》の間《ま》の夢のように思われてならない。これから少しずつ憶《おも》い出の糸をたぐりながら、あらためてお近づきになりたい。今となっては、それだけが私の望みである。

元より、伝記を書くつもりはないから、何処で生まれ、何処《どこ》で育ったというようなことは省略する。ある日、どこからともなくふと銀座に現れた――そういう言い方のほうがむうちゃんにはふさわしい。私もそのようにして出会った。美術商の店先で、青山二郎さんが連れていた。

「こちらは、坂本さん」

と紹介されても、どこの誰やら見当もつかない。ひっつめの髪に地味な着物、白粉《おしろい》っけ一つない女性は、奥さんだかバアのマダムだか、そのどちらでもないように見えた。

当時、むうちゃんは、私の非常に親しくしている先生の愛人で、うかつな私はそれを知らずにいたが、ただえ控え目な彼女は殆ど口をきかず、終始、放心的ともいえるような表情でいた。だが、いかにもそうやっているのが、自然であり、似合ってもいたから、窮屈な想いをさせることはなく、無言のうちに何か心の通うものがあって、それから急速に友達付き合いをするようになった。

その頃は、五反田《ごたんだ》のアパートに住んでいた。タンス一つ、机一つ、茶碗《ちゃわん》二つ、といったような簡素な暮らしぶりで、昼間は大方寝ていたが、でも私が行くと女同士の他《た》愛《わい》ない話がはずんだ。一緒に飲んだり、旅行にも行った。たのしそうに遊んでいても、いつも彼女には一抹の淋《さび》しさがただよい、ぽっと出の私には不可解でならない。だがその淋しさは陰気くさくはなく、カラッとした白磁の静けさであった。飲むと忽《たちま》ち元気になり、あげくの果ては荒れるのも、文士の先生達によく似ていた。

次第に私は、彼女の過去を知って行った。驚くべき数の男の名前が噂《うわさ》にのぼる。が、そんな生活を送りながら、無私無欲の清らかな姿でいられるのが、先《ま》ず私の心をひく。はっきりいって了《しま》えば、付き合いだの友情だのといっても、私の彼女への関心は、はじめは好奇心にすぎなかったのである。

「白洲さんて、何でも持っていらっしゃるのね」

むうちゃんにそういわれた時、私は羞《は》じた。

前にも書いたように、彼女は目立たぬ存在であった。ふつういう意味での色気とか、艶《なま》めかしさもない、それは付き合ってみなければわからぬ種類の魅力である。

ある評論家は「底なしの沼にひきずりこまれるような女性」と評したが、宇野千代さんも同じようなことをいった。これはどこかに書かれたと記憶するが、はじめてむうちゃんに会った頃、酔っぱらって、「あたし宇野さん大好き」といいながら、自分で自分の爪《つめ》をはがしだした。その時は、どうしよう、何とかしてやらなくちゃならない、ハラハラしたといい、「女でも変な気持ちになるわよ」と付け加えた。

彼女には、そういう切ない美しさがあった。

宇野さんは、それを娼婦《しょうふ》の典型と割り切ったが、娼婦でも何でもいい、ほんとの女とはそういうものだ。美しい物で人の心を掻《か》き乱さぬものはない。そういう素質を育てあげたのは、むろん生まれつきの美貌《びぼう》と素直な性格にもよるが、むうちゃんの場合、大部分、環境のたまものであった。酒場と名づける場所ではない、人間関係における環境だ。極端にいえば、彼女は単なる素材にすぎない。が、ただの自然の素材ではない、人間の手によって、美しく磨きあげられた、——彼女は、名実ともに、純粋な、日本の女であった。

＊

むうちゃんがはじめて街に現れた時、わずか十六、七の子供だったと聞く。それは偶然、昔の文春の地下室にある、レインボウというレストランであった。伝説では、その日、ある著名な文士に、処女を奪われたことになっている。が、その日がどの日だか、著名な文士が誰であったか、穿鑿《せんさく》する興味は私にはない。処女を失ったことすら、遅かれ早かれ誰にも起こるようなことが起こったにすぎない。その頃のむうちゃんの写真が遺《のこ》っているが、どこにでもいるような下げ髪の美少女で、将来の運命を予想させる何物もない。ようするに、何もかも偶然の出来事なのだ。過ぎ去ってみれば、必然と見えることも、実は偶然である場合が、世の中には何と多いことだろう。たとえば、受胎という大事件ほど、私達のあずかり知らぬ偶然事はない。それと同じように、彼女もただ単に其処《そこ》に居合わせただけの話である。

もし某氏が、ふとした出来心を起こさなかったら、その一生はまったく違ったかも知れない。女は男につくられる。もっとも、男も女につくられるかも知れないが、今その違いに触れている暇《ひま》はない。とにかく、彼が文士であったことが、彼女の方向を決定した。はじめは単なる流行《はや》りっ児《こ》だったかも知れない。が、その他大勢の文壇人から、れっきとした名前が現れる頃にはむうちゃんも存在し始める。肉体に刻まれた男の名前の系列は彼女の成長の跡を物語るかのようだ。

曰《いわ》く、直木三十五《さんじゅうご》、菊池寛、小林秀雄、坂口安吾、河上徹太郎、大岡昇平ｅｔｃ、ｅｔｃ。彼女が辿《たど》った道は、さながら昭和の文学史の観を呈する。もはや古い話とはいえ、私の敬愛する先生達の実名をあえてここに掲げるのも、私にとって、それがつまらない文壇裏話、ましてスキャンダルとは思えないからだ。読者もそうは受け取って下さるまいと信じている。

むうちゃんは、それらの人々によってつくられた。人間もつくられたが、同時に、自分は欲しもしなければ要りもしない「名声」もつくられて行った。それ程の人物を相手にとった女は、さぞかし凄腕《すごうで》と想われるかも知れない。が、いわゆる凄腕の女だったら、いかにかくしても完全な素材とはなり切れなかったであろう。彼女は、男が男の夢を描くにふさわしい理想の女体であったのだ。ことに、創造を仕事とする作家達にとって、己が姿を映す又となき鏡だったに違いない。年を経るにしたがって、彼女はあたかも古代の巫女《みこ》のように、彼等が信ずる文学の象徴のようなものとなり、それに付随する名声の化身《けしん》となり果《おお》せた。凄いといえば、そんなものに化けて、化けさせられて、無言で耐えていたことである。

しかし、以上のようなことはすべて私の想像に過ぎないし、当人はむろんのこと、先生たちのあずかり知ることではない。が、少なくとも、私だけにはそう見えるのだ。世に文士ほど人間くさいものはない。愛人を得ることと名声を保つこと、いやその上に先輩をしのぐ程又とない栄光があるだろうか。その最後のものは、個人的な喜びというより、むしろ彼等の宿命といえよう。何故《なぜ》なら、過去を乗り越えることによってしか、文化は発達しないからだ。単なる競争意識ではない。昨日の落ち葉が、明日の肥となるのは、自然がしめす美しい感謝の一形式である。

新進気鋭の文学者達にとって、それらのものをことごとく備えている女性が、理想の権化《ごんげ》の如《ごと》く映ったのは当然といえよう。彼等は奪った。血を血で洗う争いだった。奪われたものは大地をかきむしって泣き、呪《のろ》い、恨みは長く尾をひいた。再びいうが、それは只《ただ》の女を失うことではなかった。といって、現実には只の女を失うことであった。人生の何もかも知りつくし、人の心の奥底を究めた達人が打ちのめされ、憔悴《しょうすい》し切った姿は、男心の愚かさと美しさの極みであり、人間の矛盾をむき出しにして見せつけた。かたわら女は、奪われる度毎《ごと》に、月光の美しさを増して行く。彼女が浮気だったのでもなければ、弄《もてあそ》ばれたのでもない。自分の意志ではなく、——元より意志なんてものがあろう筈《はず》はない——一人の男から、他の男へと移り行く運命にあり、またそのことが次第に一つの型をつくり上げて行った。そして、生涯、その型の中から出られなかった。誰の罪でもない。人間関係の描く絵模様は、何と緊密に、互いに身動きならぬ線でひき合っていることだろう。

＊

むうちゃんは、いつも身体《からだ》が弱く、疲れやすかった。

「お医者様に見て貰ったら、あたしの胃、おなかのどん底まで落っこちてるんですって」

と笑った。唯一《ゆいいつ》の理想は、イタリイの浮浪者になることで、たぶんイタリイを選んだのは、自然が美しいのと、外国で名声におびやかされず、人知れず生きたかったからだろう。彼女は知らずして無一物《むいちもつ》の境涯にいたが、うっかり何か気に入った顔をしようものなら、剝《は》いでも与えかねない様子をした。何事につけ、与えることを知って、貰うことを知らない女だった。何もかも、考えれば死因のように思われて来るけれど、その過去の遍歴からいって、もっとも小説のタネになりそうな彼女は、実はもっとも語りにくい存在なのである。

最近は、もう爪をはがすといったような自虐的媚態《じぎゃくてきびたい》も消え失せて、ただ其処に居るという風に見えた。凡《およ》そ偏見というものがなかったから、偉い人もそうでない人も平等に扱った。だから物事は的確に見た。ある時、バアのマダムの一人が肉親を失い、それも突然のことだったので、泥酔《でいすい》して荒れ狂った。無理もない話である。が、店の話だったので、お客達はうろたえた。

「結局、あの人は冷たい人なのね」

むうちゃんはそう口走り、私には理解できなかったが、それも今にして想えば、自分のことのみ熱心で、他人の上を思いやらない「冷たい人」という意味であった。

昔、小林さんと青山さんは、会う度毎に嚙《か》み合った。私達が心配すると、

「あれは二人の儀式だわ」

といった。儀式はいよいよ荘厳《そうごん》になって、近頃は会うこともしない。来たるものは喜んで迎え、去るものは追わない。

「男の人と寝るなんて、何でもないことだわ」

そうもいった。その位のことなら、今時のチンピラ娘もいうかも知れない。だがむうちゃんのそういう時の声音《こわね》には、正真正銘入相《いりあい》の鐘のひびきがあった。このような女性に伝説がつきまとわぬ筈はない。その最たるものは、彼女が性的に不感症だというのである。それも、最初の時に強姦《ごうかん》されたためになったようだ、――そうまことしやかに伝えられている。

真偽の程は知るすべもないが、そういわれれば、そんなところが全然なかったわけではない。前に、彼女の愛人と三人で旅行したことがある。その晩は仲よく飲んで、上機嫌だったが、自分達の部屋へ帰ってから、例によって雲行きがあやしくなった。翌朝知ったことだが、彼女は夜中にガラスをぶち破り足を怪我《けが》したそうである。私が訪ねた時丁度治療の最中で、むうちゃんは椅子《いす》に座り、寝不足の恋人がその前に跪《ひざまず》いて、不器用な手つきでほうたいを巻いている。

その時、ふと気づいたことだが、愛人にそんなことをさせながら、それも巧《うま》く行かないで苦心してるというのに、彼女はまったく無関心で、あらぬほうを眺めている。常は心がこまやかな人だけに、この光景は異様に見えた。どこでどういう工合に不感症と結びつくか、私には巧く説明できないが、何か「欠けたもの」を感じたことは確かである。

他人には、思いやりの深い人だのに、恋人には残酷なことをした。一緒にいるのに、「あんたは来ないでいいわよ」

バタンと戸を閉めてしまったり、来ると知っているのに家をあけ、仕方なしに生米をかじったという男の話も聞いた。一番ひどかったのは、彼女の新しい恋人を訪問するのに、お供をした恋人の話で、その新しい男がオリンピックの選手だったために、山登りや水泳の相手までさせられたという。何《いず》れも若い頃の話で、私が見たわけではないけれども、充分想像がつくことである。が、そうまでして、ついて行かねばならなかった彼女の魅力には、何か魔的なものさえ感じられる。先に私はむうちゃんのことを「素材」といったが、彼女の生成のためには、彼等もまた素材の役を果たしたのではないだろうか。

これはむうちゃんと関係のない人だが、前にこういう話を聞いたことがある。

彼は大学時代かなりの文学青年で、恋愛をしなければ人生はわからないときめていた。月並みな言葉でいえば、いわゆる恋に恋したのである。小説をお手本に、色々ためしてみるが巧く行かない。とてもダメかとあきらめた時、一人の女性が現れた。戦争未亡人だったが、今度はお手本ぬきで、いっきに恋愛にまで進んで行った。ところが、どうも変だ変だと思ううち、やがて彼女の不感症に気がついた。彼は苦しんだ。どうにかして満足したい、満足させたい。何とか四十八手という本から、高等医学書に至るまで「研究」してみたが梨《なし》のつぶてである。一方、想いは増すばかりであった。

「そこでどうしたと思います」

と彼はいった。恋人はひと先ず置いて、一番凄いと称される女をやり手婆《ばあ》さんに紹介して貰い、通ったのである。

「それからは向こう鉢巻きです」

毎日毎日通いつづけた。

「で、想いはとげたかと仰《おっしゃ》るのですか。左様、たしかにとげました。が、変なものですね、それと同時に、僕の恋愛も醒《さ》めはててしまったのです」

むうちゃんのかつての恋人が、私にいったことがある。

「あの人を女にした男を僕は尊敬する」

してみると、この伝説は真実なのかも知れない。何れにしろ、彼女にはいつも人をひきつけておく、ある種の雰囲気があり、とらえようとすればする程はるか彼方《かなた》に遠ざかる。たとえ肉体を所有したとしても、女の喜びを与えるという奇跡が起こっても、そのものは、永遠に、誰のものにもならなかったであろう。人間を翻弄《ほんろう》するために生まれついたような魔性の女であった。不感症とか何とかは問題ではない。

＊

それが芸術家だけの間に通用する美であったなら、私もさほど不審に思わないが、はじめにも書いたように、芸術とは関係のない人々、子供や犬にまでなつかれたのは何とも不可思議な現象である。

お葬式の日に、次のような弔辞が届いた。

睦ちゃん

睦ちゃん

もう遊びに来ないのかい

待っていたのにね
でも仕方ないや
むうちゃん
さようなら
相馬堂

はじめて私が彼女に会った時の、骨董《こっとう》屋の主人である。九つの時から、一緒に育ったというバアテンのまあちゃんは、この手紙を読んで慟哭《どうこく》した。ただそんなことが書けなかっただけで、誰もが同じ想いなのである。

競争相手のマダム連にも愛された。ある欲ばりで有名な女が、

「ここらへんでむうちゃんも一儲《ひともう》けしなくちゃダメよ」


と本気でいった時には大笑いだった。そういうファンに対して、彼女も親身だった。彼女にいささかの野心も抱かず、憧憬の対象とした男も多い。死ぬ前に、アパートの敷金を借りていたある会社員には、それとなくお詫《わ》びの便りを書き、遺族への書き置きにも、特に「××さんは子供が多いのだから、なるべく早く返すように」とあった。かつて、表現の方法に窮した渇仰者《かつごうしゃ》は、彼女が吐いた反吐《へど》をむさぼり喰うという事件もあった。

ればならなかったのだろう。

あたかも芸術の傑作品のように、上下を問わずかくも愛された人が、何故死ななければならなかったのだろう。

聞くところによれば、孤児同様の出生で、たった一人の弟も戦死した。幼時から他家に貰われて育ったが、育てたのはその家のお婆さんで、この人にも早く死に別れた。現在遺《のこ》っているのは、名ばかりの養母である。幼い時から孤独な境遇は、ただえさえ内気な生まれつきを、よけい淋しいものに育てたのであろう。が、偶然おかれた環境はおよそ不似合いな場所だった。アルルという酒場をやっていた時――その頃は菊池寛と一緒だったが、養母と、新しく現れた愛人の間にはさまって家出をし、最初の自殺をはかったのもその時だったという。

むうちゃんが自殺しかけたと聞き、新しい恋人の親友が駆けつけ、その場で彼女と出来てしまった。友情が、恋情を生む。その頃から、彼女の周囲は同じ模様を描きだす。一般社会では、許すべからざることが行なわれたのも、切実な愛情の変形だったからに他ならない。が、真ん中に置かれたものの身になってごらんなさい。まだしも、彼等には、愛と苦しみを表現するペンがあったが、彼女は文字どおり無一物だ。酒にはけ口を求めても、言葉らしい言葉にはならぬ。そういう宿酔《ふつかよ》いのオリのようなものがたまって口にも顔にも表さず、ひたすら耐え忍んでいたところに、彼女だけが持っていたあの魅力、ほのぼのとした陽炎《かげろう》の雰囲気がただよったのではないだろうか。人に持てたのではない、持てさせられた女であった。

＊

むうちゃんのいる所、いつも事件が起きた。が、ただ一人、渦の外にいた人間がいる。それは青山二郎さんである。通称、ジィちゃんで通っているが、この先生だけは、恋人になったこともなければ、むろん取り巻きでもファンでもない。にもかかわらず、十年一日の如く、むうちゃんと共にあり、もしかすると唯一の友達だったかも知れない。私に紹介してくれたのもこの人である。

「むう公は、年とったら僕のばあやになるんだってサ」

横ではむうちゃんがうなずいている。そういうシーンによく出会った。実際、ジィちゃんはばあやがなくては困るような人で、私なんかひどい目に遭っている。前にも何かに書いたことだが、私が胃潰瘍《いかいよう》をしている時、

「何も食べなくてもいい。お勘定だけは払わしてやるからついて来い」

といわれたこともあり、千円位の陶器を、一万円で売りつけられるなど、それだけで本が一冊書ける程迷惑しているが、やがてそれが十倍に売れた時ほど癪《しゃく》にさわった

ことはない。

陶器と奇行で有名な人物だが、右の一例を見てもわかるとおり、実際には奇行ではなく、甚《はなは》だ合理的で、だから癪にもさわるのである。

「僕は、自信のないことに、十年自信をもっているのだ」

と、いつも明るく、ケロリとして。むうちゃんもたぶんそういうところに安心するものがあったのだろう、注意深い彼女に似ず、心を開いていた。小林秀雄、河上徹太郎、中原中也の親友で、いわば彼女の悲劇を全部にわたって一緒に生きた局外者ともいえようが、しらばっくれた顔が、何をかくしているか私は知らない。

最近の恋人の一人が私にこういったことがある。

「むうちゃんから、あらゆる男をひきちぎったが、ジィちゃんだけはダメだ」

と。

私は男の人の気持ちがわからないから、どう解釈していいか知らないが、まだ、浮気なら許される。肉体関係があればあきらめもする。が、あいだに芸術も商売も何もなく、その「関係」だけで彼女の放心を受けとめた人があるとすれば、これはずい分口惜《くちお》しいことではないだろうか。無償の愛にかなうものはない。しかも、此の世の中を一文なしで、嫌われることなぞへっちゃらで、笑顔で渡っているとは——とここまで書いて私は、ふと坂本睦子の原形につき当たったたような気がする。

そういえば、彼女と深い仲だった人々で、ジィちゃんの友達でなかった人はいない。彼はふつういう意味での知人関係ではなく、うわべはどうあろうと、心をわかち合った友なのだ。まわりを取り巻く崇拝者、その外側のファンでさえ、一つの糸でつながっている。むうちゃんは「偶然」だったか知れないが、この関係はそうではない。その中心にあって、ひとり動かなかった人、むうちゃん台風の目は、実にこの人だったのではないだろうか。別の言葉でいえば、男女の問題ではなく、純粋に男同士の関係ではなかったか。

イジワルジィちゃんは笑って答えない。

だが、しょせん人間は仏菩薩《ぼさつ》ではない。肉体の部分が極く少なかったむうちゃんも、生きて行くためには、何らかの方法を講じなければならない。年も四十を越していた。酒場に生まれた女は、酒場が一番似合ったが、まったく虚栄心のない人にとっても、現実的に彼女を支えていたのは、やはり世間一般の水商売の女と同じ「人気」であった。次第に彼女は疲れて行った。結婚したいといい、別の仕事が探したいといった。何も多くを欲したわけではない。

ある日彼女は酔っぱらって、

「むうちゃん、むうちゃんっていうばかりで、誰もかまってくれやしない」と子供のようにむずかったが、どんなに淋しかったのだろう。彼女が結婚したがったのは今始まったことではなく、かつての恋人たちの中にも、そう望んだ人は多かったが、いつも破れてしまう。仕事を見つけても、探すそばから崩れて行く。十五も年下の男と同棲《どうせい》してみたり、浮気をしたり、泥酔したり、表に出さなかったといえ、心底から人間嫌いになって行くようだった。それでもむうちゃんを知る人々は、この危機がすぎれば、理想的な女から、理想的な人間へと脱皮するに違いないと信じこんでいたのだが、今は空《むな》しいくり言となった。

「物わかりのいいお婆さんになって、一しょに遊ぼうとたのしみにしていたのに」お通夜の晩に、彼女のファンの一人が、正に私のいいたいことをいった。

＊

孤独な生活は、どんな人でも毒してしまう。目的のない人生に、いかなる達人も耐えられるものではない。

男の人がのどかな女性を好むように、彼女もぼうっとした男性にいつもあこがれていたが、年下のそういう男とたわむれながら、死を見つめていた姿には鬼気迫るものがある。

ひと月ばかり前、泥棒が入ったことがあった。被害はわずかだったが、それを知らずに熟睡していたことが、ひどいショックを与えたらしい。こわいこわい、といっていた。今さらこそ泥に驚くなんておかしいが、危機一髪の状態にあっては、針が落ちた程のこともきっかけとなりかねない。

自殺は、実に見事に、一糸乱《ぎわ》れず行なわれた。

美しい人にふさわしい死に際に、私達は敬意を表するが、はたしてそれは見掛けほど単純に、麗《うるわ》しい最期《さいご》であっただろうか。前日には手伝いのばあさんにアパートの鍵《かぎ》を郵送し、開けたら万事わかると書いている。親類の人にも、この手紙を見たら、すぐ来てくれとことづけた。私がこの原稿を書きはじめた日には、財布の中に二十円しかなかったが、その後、出雲大社のお札の裏に、六千円かくしてあるのが発見された。何もかも計算ずくめだ。遺書を書いたり、物をまとめたりしたのも、実は二、三ヵ月、いや一年も前のことだったかも知れない。覚悟していたことは、その四、五日前に、お小遣いをやろうといった男にも断り、二日前にも、別な人にやはり断ったと聞くが、熱にうかされた行為と違って、死に直面して、なおその冷静さが保てたであろうか。私には信じられない。出たり入ったり忙しそうにした有様が、眼前にちらつく。が、にっこり笑った最後の微笑に、私も微笑をもって応《こた》えねばなるまい。そう、何もかも終わったのだと。

だが、伝説の女性は、屍《しかばね》からも伝説を生むらしい。今日聞いた話では、むうちゃんには、千八百万円の貯金があったという。誰がつくったお話か、二千万でないところが天才的である。そうかと思うと兄弟同様の友人が、お形見に安全かみそりを貰ったが、遺族から返せといって来た。金メッキ、四百円のかみそりだ。「処女を奪ったのは俺だ」と名乗り出た男も三、四人あると聞く。

今夜も銀座の酒場では、そんなことを話しながら、みんなが飲んでいることだろう。

（「文藝春秋」一九五八年六月号）

『ある回想』を読んで

野々上慶一《ののがみけいいち》の『ある回想 小林秀雄と河上徹太郎』を読んだ時、私は感動してすぐ電話をかけた。もしかすると、手紙をあげたのかも知れないが、それはどちらでもい い。その前に書いた『高級な友情』が、何となく歯切れが悪かったため、今度は身を張って書いたという印象が強烈で、人の心に迫るものがあった。男の友情とはナンテ美しいものだろう。しいて云《い》えば、そのひと言につきるが、今時こういうものが書ける人は少い。日経の朝刊に、「交遊抄」というコラムがあるが、私が見たかぎりではいい年をした男性が皆オテテツナイデ仲よくしてるみたいで、「友情」という点からいえば幼稚園児なみである。もちろんそれぞれに思いがあって、不都合なことはかくしているのかも知れないが、かくしていてもおのずから現れるのが文章の怖《おそろ》しさだ。彼らは処世術の上では大人かも知れないが、友情の深さや美しさとは無縁の人といっても間違ってはいないと思う。なぜなら友情とは、ある場合には辛《つら》く、苦しいものであるからだ。

『高級な友情』は、小林秀雄と青山二郎の五十年に及ぶ密接な付合いが、晩年に崩れていく物語（私はあえて物語と呼びたい）で、あまりに高級すぎる友情は、この世では許されないことを語っていた。理由を考えれば無限にあるだろうし、また単純にいえばお互いに相手が見えすぎて、鼻についてしまったというのが実状であろう。そんな抽象的なことをいっても意味がないが、『高級な友情』というのがそもそも抽象的な事柄なので、そんなものはこの地球上には存在し得ない。美神は常に嫉妬《しっと》深い。それほど美しいものを人間に許してなるものか。野々上さんが、歯切れの悪い文章しか書けなかったのはそのためであろう。

それに反して、『ある回想』の方は具体的である。小林秀雄は、むうちゃんこと坂本睦子を愛していた。完全に自分のものにならないので、一生忘れることができなかったといってもいい。

小林さんだけではなく、男という男がむうちゃんに惚《ほ》れたが、彼女の方では一度も惚れたことはない。「男と寝るなんて何でもないわ」ケロッとした顔つきで、そういっていたのを思い出す。

たしかに娼婦《しょうふ》的ではあるが、お金のために身を売ることは一度もなかったから、娼婦と言い切ることもできない。そういう意味では、彼女もまた、多くの男性と関係しても汚《けが》されることのない美神の一種であった。持って生れたその宿命に耐えきれず、最後には自殺に追いこまれたのであろう。

はじめ野々上さんは、むうちゃんのことをM・Sと頭文字で呼んでいた。彼は至って謙虚な、いい意味での紳士であったから、小林さんその他の先輩たちに迷惑を及ぼすことを恐れていたのである。

ところが白洲正子は、彼女が自殺した時の追悼文に、むうちゃんと関係のあった先生たちの名前を「堂々と」並べたてていた（「文藝春秋」昭和三十三年六月号）。

「大胆率直というべきか、真正直で、無邪気といおうか」

と、野々上さんはあきれ返っている。

あの時のことを思い出すと、私も辛くてたまらないのだが、むうちゃんのお通夜《つや》の帰り道に、小田急のプラットホームで、当時「文藝春秋」の編集長をしていた田川博一さんにつかまり、東京の宿屋に二晩カンヅメになった。

「あなたが書かなかったら、週刊誌がとびついて、あることないこと面白がって書きたてるだろう。それでもいいのか」

と田川さんはせめたてる。むろんそれは編集者の常套《じょうとう》手段と知っていても、むうちやんばかりではなく、大事な先生たちの顔に泥をぬられては堪《たま》らない。かといって、相手はひとりではなく、多数なのだから、T・KやH・KやS・Oなどと、いくら並べたてても意味がなくなる。この場合はどうしても実名で行かなくては済むまい。よし。責任は全部私がとればいい。そう腹を決めた。

変なところへ話がそれてしまったが、雑誌が出たあとで切ないおもいをしたことはいうまでもない。しばらくは世間へ顔向けができないような罪びと意識に悩まされた。私に少しばかり男の友情について想像することができるのは、そういう経験があったからである。

話は一足飛びに昭和十二年の昔に溯《さかのぼ》る。野々上さんは数年やってきた出版業を止《や》めて、父親のもとへ帰ることになった。お国はたしか九州で、財産家であったばかりでなく、兄弟の中には著名な学者さんなどもいたと記憶している。

その送別会の夜、友達とすし屋の久兵衛《きゅうべえ》で飲んだ後、少し感傷的になった彼は、小林さんと別れがたく、明け方まで二人でハシゴをして、行くところがなくなり、インジュ様と呼ばれていた伊集院清三の家へ泊ることになった。「ところが、ここでトンデモナイ事を目にするのである」。

そのトンデモナイ事とは、小林さんが何の気なしに隣りの部屋の襖《ふすま》をあけた時、そこには事もあろうに、河上徹太郎とむうちゃんが同衾《どうきん》していたのである。

詳細は『ある回想』を読んで頂きたいが、送別会の翌日、帰郷する汽車の中へ小林さんが乗りこんで来て、大船までいっしょに行くという。「なあ、慶ちゃん」と小林さんは静かにいった。

「知っての通り、僕には女房も小さな児《こ》もいる。それでもムー公のこと忘れられない、好きなんだ。しかし僕は、キッパリと諦《あきら》める。僕にはムー公より、河上の方が大事なんだ。おぼえておいてくれ――」

野々上さんは、五十年もの間、その言葉を胸に秘めて、ひと言も外へ洩《も》らしはしなかった。

河上さんが亡《な》くなる前、小林さんはきよ田のすし屋で「最後の晩餐《ばんさん》」を二人だけで行い、お互いに機嫌よく別れたと私は聞いている。お葬式の時、葬儀委員長を買って出た小林さんは、弔辞の中で、別れた時の河上さんの笑顔が実によかったと、万感のおもいをこめて語った。

まことの友情とはそうしたものであろう。何も高級である必要はない。読み了《お》えて私は心の底からそう思った。

（「新潮」一九九四年十二月号）

小林秀雄の骨董《こっとう》

「小林秀雄と美術品」、もしくは「美を見る眼」について書くように頼まれたが、小林さんの場合、美とか美術品といったような言葉はあまり使いたくはない。それより昔ながらの「骨董」の方がふさわしいように思われる。勿論《もちろん》、金持の骨董いじりとは程遠いものであったが、美術を鑑賞するより、骨董を買うことを愛していたからだ。既に言い古されているが、「当麻《たえま》」という作品の中に、次のような言葉がある。

美しい〈花〉がある、〈花〉の美しさという様なものはない。

これは世阿弥《ぜあみ》の「花」について語ったもので、その前に、「物数を極めて、工夫を尽して後、花の失《う》せぬところを知るべし」という花伝書の一節があるのだが、この美しい「花」を、「物」に置き換えてみれば、小林さんが美についてどういう考えを持っていたか、知ることができる。

——「美しい物がある、物の美しさという様なものはない」そこには叩《たた》けばピンと鳴る手応《てごた》えがあるだけで、あいまいなものは何一つ認められない。物の美しさについて、人はきりなく喋《しゃ》べることができようが、美しい物は沈黙を強いる。小林さんは終始、そこだけに焦点をしぼって書いた作家である。相手は骨董でも文学でも絵画でも変りはなかった。沈黙したものを対象に、無理に口を開かせようとはせず、我慢に我慢を重ねてつき合った後、向うが自然に秘密を明かす時まで待つ。小林さんはいつか私に、自分はある時期ものが書けなくなって、数年間黙っていたことがあるといった。何時《いつ》のことだか私は知らないが、それが骨董に熱中していた期間ではなかったであろうか。

「僕は生れつき耳はよかったが、眼は耳に追いつけなかった。だから骨董をやったんだ」

と語ったこともある。だからといって、頭で考えた末に、では骨董でも買ってみるか、と思ったわけではない。青山二郎さんは、『眼の引越』という著書の中で、小林さんと骨董の出会いについて、実に生き生きと描いている。それによると、二人は四、五年前から、毎日のように道具屋や展覧会を見て歩いていたが、小林さんはいつもつまらなそうな顔をして、別室で本ばかり読んでいた。ところがある日、壺中居《こちゅうきょ》で、鉄砂で葱坊主《ねぎぼうず》を描いた李朝《りちょう》の徳利《とっくり》を見て、ふと買う気になった。それは少しも骨董臭のない、健康で正直な姿をしており、陶器を見るなぞと特別思わないで、そのままぴたりと「感じ」が来たのであると、青山さんは記している。

それからは師匠と弟子との競争になった。ふつう骨董というものは、「感じ」から「感じ」へ渡り歩いて終るのが落ちであるが、そんな所でうっとりするような小林さんではなかった。二、三年も経《た》つと、「感じ」から今度はほんとうに「物が見える」ようになり、「買った！ と言うのは小林の得意な叫びになって、道具屋を感激させたものである」(『眼の引越』——「小林秀雄」)

骨董は買ってみなければ解《わか》らないという。それもお金がふんだんにあって買うのなら易しいが、当時の小林さんの生活はけっして楽ではなかった筈《はず》である。時には喰うものも喰わずに買ったこともあるに違いない。それだけなら未《ま》だ解るとしても、折角買ったその骨董を、鎌倉へ帰る電車の中へ酔っぱらって置き忘れることがあった。このことは、小林さんの性格をよく物語っていると思う。日常の生活でも、常にある一点を見つめて疾走する人であったのは、誰でも指摘するところであるが、もう少しつけ加えるならば、いつも先の方だけ見て、過去を振返ることをしない人であった。一《いっ》旦《たん》買って自分の物にした骨董は、極端なことを云《い》えば、もう用はなかったのだ。小林さんが歴史を重んじ、古人を尊んだのは、過去を振返ったわけではない、「僕は、ただある充《み》ち足りた時間があった事を思い出しているだけだ。自分が生きている証拠だけが充満し、その一つ一つがはっきりとわかっている様な時間が」(「無常という事」)。骨董の場合も、その例を洩《も》れない。骨董を買うということは、小林さんがある充ち足りた時間を確実に生きていることの証《あか》しだったので、美術をゆっくり鑑賞する暇なんてなかったのである。

当時の熱狂ぶりを、自ら狐《きつね》つきに譬《たと》え、「真贋《しんがん》」の中で面白く描写している。――ある時、鎌倉の道具屋で、美しい呉須《ごす》赤絵の皿を買い、得意になって青山さんに見せると、贋物《にせもの》だという。その晩は、口惜《くや》しくて、どうしても眠れない、何度も起きて眺めてみるが、「心に滲《し》みる様に美しい。この化け物、明日になったら、沢庵石《たくあんいし》にぶつけて木ッ端微塵《こっぱみじん》にしてやるから覚えていろ、とパチンと電気を消すが、又直《す》ぐ見たくなる」といった工合で、しまいには、「もう皿が悪いとは即《すなわ》ち俺が悪い事であり、中間的問題は一切ない」ところまで思いつめてしまう。そこで翌日壺中居へ持って行って見て貰《もら》うと、それが真物とわかり、小林さんは気が抜ける。「いい、と言われても、もう二度と見るのも厭《いや》だ、ヘドが出るほど見ちまった」と、その皿を店に置いて帰るのである。

これは後に聞いた話だが、小林さんが夜中に何度も起きて、皿ばかり眺めているので、奥さんは焼餅《やきもち》を焼いて、皿を壊すの壊さないのと大喧嘩《げんか》になった。「沢庵石にぶつけて、云々《うんぬん》」はそこから出ているので、奥さんとしては至極もっともな言い分だったであろう。骨董ばかりでなく、何事につけても徹底的につき合う人であり、「中間的問題」が介入する余地のない真剣勝負だった。ある著名な文士の先生が売りに出した唐津の茶碗《ちゃわん》を私が買って、見せに行った時、こんないい茶碗を手離すようでは、あの人の文章ももう駄目だナ、と一言のもとに切って捨てた。電車の中へ大事な買物を忘れたり、あれほど惚《ほ》れこんだ呉須赤絵を、一晩で売ってしまうこととは矛盾するようだが、中間的問題が一切ない点では同じである。酔っても本性違《たが》わずで、忘れたり売ったりしたものは、結局持っていてもいずれは飽きたにきまっている。私は見たわけでないので、はっきりしたことはいえないが、呉須赤絵の皿と、唐津の茶碗では、おのずから風格が違うのである。

私が骨董を買いはじめた頃、——というのは、戦後早々のことであるが、どうだい、少しは見えるようになったかね、では、値段をつけてごらん、といって、戸棚の中からぐいのみを十ばかり出して、机の上に並べた。美を云々するより、値段の方が確かだ、というのが小林さんの持論である。もし間違えたら即ち私が駄目だということになる。……

「あたし、素人《しろうと》だから値段なんてわかんないわ」

「馬鹿《ばか》野郎！　値がつけられないで骨董を買う奴《やつ》があるか」

で、泣く泣く片っぱしから値段をつけて行ったが、あんまり恐《こわ》かったので、実際より少し高めにつけて難関を突破した。今から思うと、小林さんはそれも見抜いていたに違いない。が、そこまで追及して、息の根を止めるようなことはしなかった。何か物をはじめたら、一応プロにならないと、自他ともに許せない、小林さんにはそういうところがあった。

もうその頃には、骨董の「狐」は落ちて、小林さんは平常心を取戻していたが、それでも骨董屋へはよく通った。つい最近でも、京都などへ旅行して、少し暇があると、骨董屋をのぞいて、いい買物をすることがあった。長い伝統に培《つち》かわれた書画骨董の世界には、いろいろ面白い習慣があり、たとえばこの頃はやりの「贋物」などという言葉は禁句である。せいぜい若いとか、イケナイ程度に止《とど》めておく。「まことに世間の実理実情に即し物を言っているところ、専門文士の参考にもなるのである」（「真贋」）と書いているが、骨董を買うことによって、眼の訓練をしただけでなく、未知の世界から吸収することは多かったであろう。

「無常という事」が出版されたのは昭和二十一年だが、この連載を書いたのは戦争中（昭和十七年―文學界）で、あきらかにそれ以前の作品とは違っている。ここで小林文学の評論をするつもりはないから、どう違うか（または違わないか）は専門家に任せるとして、少くとも私はこの著書によって、小林さんの思想に開眼したといえる。もうその頃には、本人とつき合っており、家族の方たちとも親しくしていた。そのことが直接骨董と関係があるとは言い切れないが、それまでの難解で、硬質な文体とは打って変って、李朝の陶器に見られるような、えもいわれぬ優しさと、そこはかとない悲しみに満ちており、多くの読者をとらえたのは事実である。少しも感傷的なところのない、それ故《ゆえ》にいっそう人の心を打つ優しさと悲しみは、後に「モオツァルト」のtristesse allante に受けつがれ、「本居宣長《もとおりのりなが》」の物のあわれに開花して、小林さんの文学の主調音となった。

小林が骨董をやっていなかったら、どうなっていただろう、と青山さんはしばしばいい、私は青山さんの自慢話だと思って聞き流していたが、今はそうは思わない。フランス文学に育《はぐ》くまれた明晰《めいせき》この上ない頭脳の持主が、人間の欲望と執着心にまみれた煩悩《ぼんのう》の世界に耽溺《たんでき》したことは、大きな意味があったと信じている。それはいわば馬鹿になってはじめから出直すことだった。「骨董を見る時は、先入観を持ってはいけない、すべての知識を捨てて、無心になれ」といい、そのためにはカンを磨くことしかない、と小林さんは断言した。そんなことはいくら人にいわれても解るものではなく、自分で体得した後、はじめて思い当るといったようなものだから、説明のしようがない。小林さんの「美を見る眼」とは、そうしたものであったので、編輯者《へんしゅうしゃ》さんには悪いけれども、私にはほかに書きようがないのである。

文章を書く場合も、「七分は運動神経、三分が頭」だといっていた。頭がいいからいえることなのかも知れないが、無心になれとか、カンを磨くというのは、スポーツ選手のいうことで、骨董を見る眼と、文章を書く行為の間には、何か口ではいえぬ微妙な関係がひそんでいたに違いない。簡単にいってしまえば、運動神経をリズムと解しても間違ってはいないと思うが、日本語には「呼吸」とか「間」とかいういい言葉がある。文章を書く場合も、既成の概念や知識にとらわれず、自然の息づかいに従って事に当れ、という意味だったかもわからない。それは結局、自分自身を発見することにつながるであろう。

先の話とはまた矛盾するようだが、小林さんは贋物を買うことを恐れなかった。贋物をこわがって、いつも専門家に鑑定を頼んでいたのでは、眼は少しも進歩しない。そして、贋物作りの技術は、いつも数奇者《すきもの》の上を行くのがふつうである。東京や京都の一流店で買う場合には、先《ま》ずそういう心配はなかったが、小林さんが地方の店で発見したものの中には、怪しげな作も交っていた。これが李朝の原型だ、須恵器のはじまりだ、などと、「発見」に陶酔している時がもっとも危険である。こちらにしても、贋物と言い切るだけの自信はないので黙っていると、しまいには、みんな黙ってばかりいて、ちっとも褒《ほ》めないんだよ、と照れ臭そうにいい、そういう時の小林さんは子供のように素直であった。鎌倉の家のお蔵には、そういうものがいくつか眠っている筈である。贋物といわないまでも、それに類似したものは、みな小林さんの眼が喰いちらした残骸《ざんがい》なのだから、元はちゃんと取って文学の中に生かされている。「骨董」とか、「真贋」などという作品は、贋物をつかんで、痛い思いをした人間でなくては、けっして書くことのできない貴重な文章である。そして、贋物が横行しているのは、書画骨董の世界に限らぬことを、私たちは思い知るのである。

其処《そこ》に行くと死んでしまった人間というものは大したものだ。何故、ああはっきりとしっかりとして来るんだろう。まさに人間の形をしているよ。（「無常という事」）

三月一日の夜半すぎ、電話を貰って私は雨戸をあけた。空には十六夜《いざよい》の月がかがやき、梅の香りがただよっていた。私たちが病院へ駆けつけた時、小林さんは既に亡《な》く、二、三の家族だけが静かに最期《さいご》をみとっていた。その死顔は穏やかで、やっと俺も休むことができると、呟《つぶや》いているようであった。私は、「涅槃《ねはん》」ということの意味をはじめて知った心地がして、思わず手を合せた。その時、右の言葉が胸をついて蘇《よみがえ》ったのだ。日が経つにつれ、小林さんの存在は、いよいよ大きくはっきりとした形をそなえて行き、よく解っていた筈のその言葉が、実はちっとも解ってはいなかったことに気づいて、私は唖然《あぜん》となるのである。

（「新潮」一九八三年四月臨時増刊号）

会えずに帰る記

小田原の町はからっ風が吹いていた。

その日私は父の相続税のことで早朝から家庭裁判所だか税務署みたいな所へ呼びだされ、ややこしい書類にハンコ押したり署名したりしていいかげんうんざりしていた。が、用事が案外早く済んだので、真直《まっす》ぐ家へ帰ろうかと思ったが、小田原には二、三知った人がいる。折角ここまで来たついでに日頃の御無沙汰《ごぶさた》を詫《わ》びかたがたよって行こう、それには先《ま》ずタクシーをつかまえなければ、と思いながら町へ出ると、運よく目の前に自動車屋があらわれた。

運転手が二、三人、将棋をさしている。さすが田舎のこととて、急には立とうともしない。「寒いねえ、まあお坐《すわ》り」なんていう。別に急ぐ用事ではなし、それに煙草《たばこ》も吸いたかったので火鉢の傍により、これこれいう人の邸《やしき》を知っているかと聞くと、知ってはいたが、中々立つ気もなさそうなので、そのうち私の方が興ざめてしまった。

「御無沙汰の御詫」なんかよりもっと面白いことはないか。箱根もつまんないし、熱海もあきあきだ。小田原、小田原。そういえば川崎長太郎という人は此処《ここ》に住んでいるのだろう。抹香町《まっこうちょう》、——この魅力ある名前がとたんにむらむらと私を占領してしまった。

「川崎長太郎さんて人知っている？」

聞くと今度は誰も答えない。聞いたことないねえ。が、文士だといったらようやく一人が思いだしてくれた。

「ああ、あの色の黒い、貧相な人ですか？」

そんなことは私は知らない。が、小説がほんとだとするときっとそうだろう。その人なら此処からあまり遠くない所に住み、時々街をふらふらしてるという。ホレ、何さんとこの何とかだヨオ、と私に通じない言葉で他の二人に説明すると、その人なら知っている、という所から話がはずんで、今度は彼等の方がのり気になって来た。文芸手帖《てちょう》をひらいて見ると、小田原市幸町と書いてある。よし、そこへ行きましょう。有名人ではおみこしの上らなかった運ちゃんが、運転台に二人までとび乗った。ええ、ままよ、どうせ乗りかかった舟である、「屋根もぐるりもトタン一式の、吹き降りの日には、寝ている顔に、雨水のかかるような物置小屋」を見るだけでも充分ではないか。今から考えると、何が充分なのかちっとも解《わか》らないが、とにかくその時はそう思った。

幸町は、二分とかからない所にあった。が、そこはちっとも「物置小屋」みたいじゃない。ふつうの、店屋で、表札には川崎と書いてある。助手が降りて、聞きに行ったが、らちがあかない。運ちゃんが降りて、小柄なおかみさん風の人を連れて帰って来た。何が何だかわからないが、ともかく降りて下さいということで、一緒に店へ入る。生ぐさい、と思ったのも道理、それは長太郎氏の弟の魚屋さんの家だった。

一所不住の長太郎氏は、日に一回は必ずここによる。郵便をとりに見えるのだそうだ。それ以外はどこにいるかわからない。大方今頃は、この近所のダルマ屋で、ちょっとお待ちなさい、探して来てあげるからという。いくら何でもそうまでして、見も知らぬ人に会う必要はない、もうお暇《いとま》するからとしりごみしても、今度は相手が放してくれない。何しろ静かな朝の町のこととて、近所の人達も物珍しげに集って来た。運ちゃんと助手とそれから前の雑貨屋の主人は、ダルマ屋の方角へ、川崎さんの甥《おい》とかいう青年は「物置小屋」の方へ、他の数人若い衆が自転車に乗ってすっとんだ。まさかこんな大騒ぎをまきおこすとは、ただもうハラハラするばかりだが、こうなっては帰るわけにも行かない。店先へ腰かけてねばることにした。

小柄なおかみさんは、——奥さんと呼ぶにはあまり飾り気のない、親しみのもてる人だった、——お茶を入れたり、火鉢を出したりして下さる。そうして落ちついて坐りこんでみると、ますます私のいる今の立場が変なものに見えて来た。それは実際変だった。とりあえず名刺は出したものの、何と説明していいかわからない。たしかに、私は、川崎長太郎のファンである。がもしファンというのが、作品に憧憬を持ち、人間を崇拝しているものなら、これは少々あやしくなる。といって、ただの物珍しさからでもない。たとえば、げて物の茶碗《ちゃわん》を持っていて、長年つかっているうち、ふと或《あ》る日美しいものに変っていることに気がついた、しいて云《い》えばそういう親しみをあの一聯《いちれん》の竹七ものに感じているのだが、そんなことは理由にはならない。変なのは、私の立場ではなくて、私自身なのだ。韋駄天《いだてん》と渾名《あだな》のある私は、時々そういう突拍子もないことをやる。——そう気がつくと、よけい後へはひけなくなってしまう。何も話すことなんかありもしないのに、御当人がここへ現れたらどうする気だろう。そんなことは考えてもみない。

おかみさんは、親切にも、引出しの中から、川崎さんの写真まで持出して見せて下さる。何十年も前のものらしい、白茶けた写真のおもてには、中学生の服を着た、おせじにも可愛《かわい》いとはいえない少年が、少しすねたようなそのくせ自信ありげな顔つきで立っている。写真はぼんやりしていたが、その印象はぼんやり所ではない。たとえ私小説家でも、作品からその人間を想像することは間違いだろうが、また文章ほど人間を語るものはない。私は、そこに、――「上歯下歯とも、半分以上、もう抜けてしまっていた。顔にシミがふえるかわり、老眼の方に進んで」とか、「十三貫弱、五尺一寸の小男で」なぞと卑下しつつ、実は並々ならぬ自信を持つ一人の男を想像していたが、それが裏づけられるようにおもった。大体、虚栄心のない作家なんてない。が、抹香町でもてない話を書く人より、銀座でもてる話を書く人の方が、必ずしも虚栄心が強いとは限らない。もしかするとこの作家は、「俺ほど女にもてる奴《やつ》はない」と信じているかも知れない、ふとそう思うと可笑《おか》しくなった。――少年の表情は、一種苦々しい、そういう滑稽《こっけい》さをたたえていた。

一時間、二時間、幸か不幸かついに川崎氏はあらわれなかった。運転手も甥御さんも、おかみさんも近所の人達も面目なさそうな顔つきでいる。私の空なる情熱にハッパかけられて、申しわけないのはこっちの方だが、いくらいってもそんなことは通じない、彼等は彼等なりにまた私の風テンぶりを面白がってくれたのらしい。運ちゃん二人は、待ち賃も請求しない。のみならず、汽車がくるまでの間、ちょっとお待ちなさい、と私を停車場に残して、競輪の場外売場まで「色の黒い人」を探しに行ってくれる始末だった。小田原の町はいい所である。

それは今から三、四年も前のことだろうか。はっきり覚えていないが、それから少時たって、川崎さんの出版記念会が行われ、私は大喜びで出席した。川崎さんには、女のファンが少いということで、私はたぶん生れてはじめてのテーブル・スピーチを、司会者の中山義秀《ぎしゅう》さんに押しつけられてしまった。何しろ相手は知らないのだし、他にする話もないから、大体以上のようなことをかいつまんで報告し、重ねてこのおめでたい機会にお会いできたことがうれしい、という意味のことを喋《しゃべ》った。

ところが、次に立った小説家の方からきついお叱《しか》りをこうむったのである。私みたいな有閑マダムが、貧しい暮しの小説家が、精進している所へ見物しに行くとは何事か。芸術を解さぬにも程がある、と言葉どおりではないがそういう意味のことだった。

どうしゃっちょこ立ちしても、有閑マダムであるのはほんとのことだし、以下云々《うんぬん》のお叱言も、私は芸術より人間の方に興味があるのだから返す言葉もない。大そうしよげてしまったが、御本人が喜んで下さったので、他のことはどうでもよかった。その後川崎さんはますます有名になり、長年のファンだった私の鼻も高いのである。

最近は、売春禁止法とやらが喧《やかま》しいことである。抹香町も、風前のともし火だろうが、もはや川崎さんにとって現実の抹香町は必要とされないであろう。先月の「新潮」で、競輪の話をよんでふとそういうことを思った。それは何でも車券を買わずに楽しむ競輪の話だった。——御健康を祈ります。

（「新潮」一九五六年八月号）

今は昔　文士気質

古い雑誌を整理していたら、晩年の尾崎一雄《かずお》氏の写真が出て来た。翁《おきな》の面とそっくりな、実に好《い》い顔をしていられたので、とっておいたのを思い出したが、それから間もなく亡《な》くなられた。

生前には別に親しかったわけではなく、人から噂《うわさ》を聞いていただけで、下曾我《しもそが》に住んでいられること、小田原の近辺は梅の名所だったので、梅干を漬けることの名人で、お宅には何十年にも亘《わた》る梅干の甕《かめ》が並んでいるのが壮観だ、ということを小耳にはさんでいた。作品もあまり読んではいず、読んではいても、例の恬淡《てんたん》とした書きぶりであったためほんの少ししか記憶に残ってはいない。

空気のいいところで、無慾《むよく》な生活を送っていられたので、最後には「翁」のような顔になったのかと、羨《うらや》しく思ったり、感心したりした。男の人はいいナ。といっても男によりけりだが、女では中々こんな人相にはなれまい。百姓のお婆《ばあ》さんには、稀《まれ》に見かけることもないではないが、我々には先《ま》ず無理だろう。

「翁」の能は、「とうとうたらりたらりら」という水の流れのように無意味な囃子詞《はやしことば》の間に、「五穀豊穣《ほうじょう》」と「天下太平」を祈る歌詞がところどころに交っているだけで、人間は、平和に暮しているのが一番いいんだぞと、くり返し説いているように思われる。したがって、面白い見どころも、劇的な場面も一つもないお能であるが、年をとると、人生それで充分ではないかという気がして来る。

古典芸能と小説を比べるのは乱暴なようだが、尾崎さんの作品の底流には、常にそういう和やかな魂が感じられる。静かだとか平和だとかいうと、ともすれば気持のいいところに寝そべって、ろくに努力なんかしなかったように聞えるが、強い意志と、気概に満ちていなければ、ほんとうの安心に到達することは不可能であろう。

そういえば、尾崎さんの随筆か何かに、病気のあとで、床の上に寝そべって、原稿を書いてみると、寝そべった文章になるので止《や》めた、というのがあった。たしかにそういうものに違いない。

尾崎さんに「ハレー彗星《すいせい》」という作品がある。日夜朝暮に眺めている富士・箱根の風景から、いつの間にか話はハレー彗星へと飛び、小学五年生の時に見た記憶が甦《よみが》える。もしかすると、地球にぶつかるかも知れないと新聞が書きたてたので、パニック状態におちいり、子供たちは慄《ふる》え切っていたが、結局何事もなくて終った。敗戦後間もなく、誰かの小説か随筆で、その憶《おも》い出話を読んだことがあり、自分が好む作家となれば限られているから、きっと永井龍男《たつお》に違いないと思っていると、はたしてそうだった。

永井さんの話から、夏目漱石《そうせき》、志賀直哉《なおや》へと溯《さかのぼ》り、漱石は、ハレー彗星に、自分たちと同じ緊張感を味わっていたらしい。それに反して、直哉はまったく無視していたという。

それもうなずける節はある。明治四十三年五月は、雑誌「白樺」第二号の発行月だ。志賀直哉は四月創刊号に「網走まで」を、五月号に「箱根山」を発表した。彗星のことなどどうでもよかったのだろう。

明治四十三年といえば私が生れた年で、ハレー彗星との間に奇妙な因縁を感じたが、それ以上に志賀直哉がまるで無視していたことに興味を持った。志賀先生はそういう人間であったということを、そんなことは一つも言わずに証明しているからである。

新聞記事によると、米国のエドワード・ダニエルソンという大学教授が、次のハレー彗星の接近を、昭和六十一年二月九日と観測したそうで、これは間違っていたのかいないのか、一向に覚えがない。天文学の知識が皆無なせいであろうが、尾崎さんは、「あと三年二ヵ月か」と溜息《ためいき》をつく。実際にそんなことは書いていないのだが、文章の奥から深い嘆息が聞えて来る。

「目下のところ、私はあと最低一年は生きて、富士山の頂上に日の沈むのが、四月十五日と九月一日（あたり）であることを再確認したいのが希《のぞ》みだ」が、更に慾ばって全集が出るのにあと一年半。それまではがんばっていたい、というのである。

全集は全部で十五巻になるらしいが、今、八巻までまとめて感じたことは、自分がいかに頑固者か、ということだった。それも強い自我をもって（おそらく志賀先生のように）押通す積極性はなく、突かれても押されても土俵を割りたくない、という辛棒強さである。

その辛棒強さを、マラソン選手にたとえたり、家の周りにいるカタツムリにたとえてみたりして、「俺に似てやがる」という親近感を持つが、のろまな一方で尾崎さんには動物的なカンもあり、厭《いや》だな、と感じることには手を出さず、その反面気が向くと熱心になる、という積極性もあって、それでどうやら二度の大病も凌《しの》いで来た。

仮りに、あの彗星を再度見るまでボケずに生きられたとしたら、私は「新潮」の彗星を見るだろう。氏より五歳上の私は怪しい。……今喜寿の永井龍男氏は、きっとまたあの彗星を見るだろう。氏より五歳上の私は怪しい。とは言え貪《むさぼ》りに陥りたくは無い。ここ二十年ばかり、小量ながら晩酌《ばんしゃく》を欠かさないし、煙草《たばこ》も気ままに喫《す》っている。なるようになればいいのだ、と思っている。

ここで小説は終るが、再度ハレー彗星を見ることなくて果てた。「新潮」昭和五十八年一月号にその題名のもとに書いたのは、動物的カンが働いたのであろうか。

同時代の小説家に、川崎長太郎という風変りな人物がおり、小田原に住んでいたので、尾崎さんとは親しかったに違いない。彼の小説によると極端に貧乏で、机もないので、土間に座って蜜柑箱《みかんばこ》の上で執筆し、冬になるとインクが凍って困ることもあったという。

「だるま屋」と呼ぶ淫売宿《いんばいやど》が彼の唯一《ゆいいつ》の訪問先で、そこで執筆したり酒を飲んだりすることが仕事といえば仕事のようなものであったらしい。

そのような人間を、一般世間では名づけようがないので、ユニークな作家と呼んでいた。今でもそうだろう。英語では、独特とか独自とかいう意味合いがあるが、日本語の場合は一種の逃げ言葉で、ユニークといっておけば失礼に当らないし、さげすんだことにもならない。ぜんぜん無視しているわけではないが、尊敬もしていない、――日本語的英語は、はじめからよく理解していないのだから、ぼやかすには打ってつけの言葉なのである。

だが、私は川崎さんをそんな風に思ってはいなかった。それ程までして文学にかじりついていることが、むしろ立派に見えたのである。たしかに見知らぬ世界への好奇心もあった。だが、それだけではない。当時の私は、大げさにいえば善財童子のような求道心《ぐどうしん》に燃えていたのである。

文学にかぎらず、一旦《いったん》こうと思えばどこへでも飛んで行くので、「韋駄天《いだてん》お正」と呼ばれており、その本性にたがわず、ある冬の一日、私は、小田原の駅に降り立っていた。

番地は小田原市中里四〇二と「文藝手帖《ぶんげいてちょう》」にある。人に尋ねながら行ってみると、聞きしにまさる陋屋《ろうおく》で、あけっ放しの土間からは冷い風が吹いて来る。何度案内を乞《こ》うても、答えるものは風に吹かれた木の葉と埃《ほこり》だけであった。

次に訪ねるところはといえば、「だるま屋」しかない。その店をつきとめるのには長くかかったが、漁師みたいなアンチャンに訊《き》くとすぐわかった。どこをどう歩いたか覚えていないが、海に近い漁師町の真中へんに看板が見つかった。まだ時間が早いせいか、女はいなかった。

しばらく待っていたが誰も来ないので、潮の香のするうすら寒い道を駅へひき返した。もう一度川崎さんの家へ寄ってみたが、まだお帰りではない様子。手土産の一升徳利《どっくり》を土間におき、襟巻をかき合せながら、小田急の駅へ向う間のさむざむとした気持はたとえようもなくわびしかった。

川崎さんの出版記念会が開かれたのは、それからしばらく経《た》った後で、北原武夫《たけお》さんに連れていって貰《もら》った。そこで私はこの小説家にはじめて会った。お訪ねしたことは黙っていたが、一升瓶の名刺からバレて、丁重なお礼をいわれた。

そこまではまああであったが、その後が悪かった。何人か祝辞を述べた後で、尾崎一雄さんからこっぴどくやっつけられたのである。

「この頃は金持の女が文士を訪ねるのがはやってるらしい。ベンツか何かに乗って、大えばりでやって来て、見物して帰って行く。ああいうのは許しがたい。川崎さん、あなたも気をつけて下さい」

あきらかに私のことである。私は金持でもなければ、ベンツも持ってはいない。まして、大えばりで見物なんかに行った覚えはない。そう思って唇を噛《か》みしめていたが、衆人環視の中では言いわけのしようもなかった。

尾崎さんの一言は私を叩《たた》きのめし、早々にして退散した。頼みの綱の北原さんは、助けてくれるどころか、いつもの美男ぶりを発揮して、僕はまだ帰らんよと、手伝いに来たホステスの中へわりこんで行った。

そのまま家へ帰る気にもなれず、青山二郎さんの行きつけの銀座のバアへ行くと、奥さんといっしょに飲んでいた。これこれしかじかと訴えると、「だから一人歩きはするなといったじゃないか。大馬鹿《ばか》野郎のコンコンチキ奴《め》。テメエは精神年齢御年十八歳の世間見ずなんだぞ」と、こちらの方は尾崎さんの比ではなく、ひと晩中泣かされる始末となった。

それから何年くらい経ったであろうか。『かくれ里』という本で、読売文学賞を私が頂くことになった。奥付けに、一九七一年発行としてあるから、これは確かである。あれからもう二十年以上経ったかと、辛《つら》くてもたのしかった日々のことを思い出すが、文壇とはあまり付合いのない私のために、知っているかぎりの先生たちが来て下さったのはありがたかった。

忘れもしない、獅子《しし》文六さんと吉田の健坊（健一さん）と話していた時、遠くの方から大勢の人を掻《か》きわけて、私めがけて弾丸のように走って来る小男がいた。

「わたしはあんたを見損っていた。何と謝っていいかわからん。ごめんよ。ほんとに申しわけないと思ってる」

と、きつく手を握った。

気がついてみると、尾崎一雄氏であった。

（「新潮」一九九三年一月号）

吉田健一のこと

吉田健一さん、と書いただけで、私にはもう他人行儀な気がして何もいえなくなる。読者には申しわけないが、「健坊」と呼ぶことにしたい。私たちの間では昔からそう呼んでいたからで、ほかの名前は考えられないのだ。

はじめて彼に会ったのは私がまだ小学生の頃で、牧野伸顕《のぶあき》さんが、御殿場《ごてんば》にあった私どもの別荘に来られた時、玄関で下駄《げた》をはきながらこんなことをいわれた。

「わたしの家にもあなたと同じくらいの孫がいてね。その男の子が天才なんだ」

ふだん孫の自慢なんかするかたではなかったので、私はびっくりした。先《ま》ずその「天才」という言葉に眩惑《げんわく》されたのである。

ここでちょっと系図めいたことを述べておくと、牧野さんは大久保《おおくぼ》利通《としみち》の次男で、大久保家と私の実家とは親類みたいなものであった。「薩摩の芋蔓《いもづる》」といわれるように、薩摩の人たちはみな辿《たど》って行けばどこかで血がつながっているからで、その結束は堅く、めったに他国の人々と交わったりはしない。少くとも私の父の代まではそうだったので、私も百パーセントの薩摩オゴジョである。

牧野さんは私の父より四歳ほど年上であったが、そんなわけで大久保一家とは兄弟のように親しくしており、家へはしじゅう遊びに来ておられた。健坊の作品の中にも、どこの誰ともわからないおじ様やおば様がやたらに出てくるのがあるが、私にとっては牧野さんもそういうおじ様のひとりであった。

そのおじ様の孫に「天才」がいるとは初耳だったので、驚かないわけにはいかなかった。健坊に「はじめて会った」と私がいったのは、その印象があまりに強烈だったため、会ったような気がしただけにすぎない。ほんとに紹介されたのは、それから二十年以上も経《た》った後、銀座の「はせ川」かどこかで河上徹太郎さんや小林秀雄さん等と飲んでいた時のことだが、その時だってほんとに会っていたか、どうか。……はっきりいえることは、またそれから何十年もの年月が経ち、健坊も死んでしまった今日になって、彼の作品を読み、やっと出会えた、今度こそ捕まえたぞ、という感じがする。かりにそれが幽霊で、私のそばを通りぬけて行ったにせよ、見たことは確かなのだ。人と付き合うのも、相手が健坊ほどの人物になると、なかなか手間のかかるものである。

だからといって、彼が天才だと信じているわけではない。近日、新潮社から選集が出るそうで、ブームになっているのは喜ばしいことだが、私はもうそんなものに惑わされる年齢でもない。そのブームの蔭《かげ》でひそかに思うのは、子供の時から牧野さんに天才児と賞讃《しょうさん》され、長じて後は吉田首相の息子として色眼鏡で見られた健坊は、どれほどの負担に堪えねばならなかったか。政治家や役人ならともかく、文学に志す人間にとって、それは非常に辛《つら》いことであったに違いない。

「ずい分悪口いわれるんでしょう」

何かのはずみで私が訊《き》いた時、彼は少しも動じなかった。

「僕は褒められたことしか覚えていないから、そんなの、平気」

これは負け惜しみではなく、長い間かかって身につけた智恵《ちえ》だろう。天才といえば、そういうところが天才的であったかも知れない。

私たちの間で「健坊」と呼ばれていたことは、どこか可愛《かわい》げのある風貌《ふうぼう》の持主であったからだが、愛称にともないがちな軽蔑《けいべつ》の念もいく分ふくまれていた。

まず第一にあのとてつもない笑い声である。飲屋ののれんをくぐったとたん、健坊がいることはすぐ解《わか》った。今の批評家たちは、吉田さんに特有な豪放な笑いなどといっているが、それは傍若無人なだけで、けっして豪放でも楽しい笑いでもなかった。小林さんはいみじくも「お寺の破れ障子」にたとえたが、荒れ寺を吹きすぎるがらんどうな悲しみと淋《さび》しさにあふれていた。もう一つ、薄気味悪さもつけ加えておくべきだろう。健坊の肉体にそなわるすべての特徴が、どこか変な工合にはずれていたのである。

何となく爬虫類《はちゅうるい》に似ているというのが健坊に会った時の初印象だった。「蛙《かわず》」という能面があるが、目が離れているので、蛙を聯想《れんそう》させたのかも知れない。手足も長すぎるのか、動かす時はぎごちなく、ふつうの日本人とは逆に膝《ひざ》のところがX型になっているため、こんがらかるように見えるのだった。

また、歩く時は交互に出る筈《はず》の手足が、右手と右足、左手と左足、といった風にいっしょになるのもおかしかった。一番はじめにそれを発見したのは妹の麻生《あそう》和子《かずこ》さんだそうで、学術的には何というのか知らないが、関西ではナンバ、またはナンバンと呼んでいるらしく、「異人」とか「異風の人」という意味なのであろう。陸軍ではそういう兵隊をとらなかったので、戦争に行かずに済んだという噂《うわさ》も聞いた。終戦の時、彼は横須賀海兵団の二等主計兵で、それもわずか三ヵ月の期間だったから、どんな水兵さんだったか想像がつくというものだ。

ゴルフをすれば球がどこへ飛んで行くかわからない。ティー・ショットで、球が真後ろへ飛ぶのを見たのは、あとにも先にも健坊だけである。その上、馬鹿《ばか》力があるので、ゴルフをいっしょにすると射程距離から逃げるのに精一杯だった。

以上のようなことは肉体的な欠陥とはいえないし、文学とはまったく関係がないと無視することもできよう。が、私はそうは思わない。むしろすべての点で彼の文章に似ており、損はしたかも知れないが、得もしたに違いないと私は思っている。

たとえば彼の食慾《しょくよく》である。ほんとによく食べ、よく飲んだ。「あんな大食いの奴《やつ》に味なんか解るものか」と、またしても小林さんの槍玉《やりだま》にあがったが、後にその成果が『酒宴』、『百鬼の会』などで花咲いたのはお見事である。

それにしても健坊の健啖《けんたん》ぶりは異常であった。たしかに味の原点は大食にあるにしても、小林さんのいうことにも一理あるので、がつがつ食べながらじっくり物を味わうことはできない。何といったらいいのか、味というものは舌の先だけではなく、身体《からだ》全体に行渡ったあげくのはては、五官の隅々まで浸透するのであって、その時はじめて普遍的なものになる。普遍的というのは、人間にも、美術品にも、風景にも、あらゆるものに通ずる微妙な味わいが感じられるという意味で、何事につけ異常なことは、小林さんには許せなかったのだ。

一方、健坊にしてみれば、もともとぶきっちょな彼は大食いでもしなければ身が持てなかったに違いない。無意識のうちにそれが一番身体に直接的な食物の上に現れただけで、それ自体は立派なことでも、見上げたものでもない。立派であったのは、何といわれようと自分の好みを押し通したところにあり、突きぬけたはてに『金沢』や『絵空ごと』のような作品が生れたことであろう。

健坊がお酒を飲みはじめた頃の話を、河上さんはこのように書いている。（「新潮」昭和三十年九月号「吉田健一」）

元来素質のある彼はちっとも酔わないので、一度私は、酒ってものは何度もゲロを吐いて苦しい思いをしなければ、本当の酒飲みにはなれないんだぞ、といってやった。すると彼は立上り、バーの梯子《はしご》段の上から天井を睨《にら》んで、鯨が潮を吹くようにゲロを吐いた。

上を向いて吐くなんてふつうの人には考えられないことだが、健坊にとってそれは精一杯の表現であった。

これはどこかに書いたことだが、小林さんは、文章を書くには「運動神経が七分、頭は三分」と言い切っていた。小林さんの体験から出た言葉で、運動神経が皆無といっていいほどの健坊は哀れであった。

そういう話になると、志賀（直哉）先生でさえ大笑いをされた。

「あの子は卵も割れないんだよ。家へ来て、すき焼をした時、まわりが卵だらけになるので弱った」

今では有名な逸話になっているらしいが、育ちがいいので卵が割れないと思うのは間違っている。育ちと卵とはぜんぜん違う話なのだ。それに健坊だけが特別育ちがよかったとも思われない。彼の周囲にはそういう人たちは掃くほどいたが、誰にでも卵は割れたし、上を向いて吐く人もいなかった。白樺《しらかば》派の連中にしても、育ちの点ではみな健坊と似たりよったりである。

だが、それは戦前のことで、戦後、民主主義とやらになってからは、育ちのよさが重荷となり、自から買って出て苦労したに相違ない。「乞食《こじき》時代」や「貧乏物語」を書いたのはその頃で、牧野さんも吉田（茂）さんもけっして金持というのではなかったが、健坊ひとりを食わすことぐらいわけなかったであろうに、断じてそれをしなかったのは両方ともに立派であった。

当時の彼の文章はお喋《しゃべ》りである。貧乏だから一枚でも多く書きたかったのだろうが、つまらないお喋りの合間にきらりと光るものが交っている。

たとえば水むしは足だけではなく、頭にもできるという話では、だからといって「あの壮絶なヨブ記の主人公を気取ったりするのは、頼山陽《らいさんよう》が肺病で死んで自分も肺病だから、自分は頼山陽なのだと思って深刻な顔付きになるようなものである。どうも貧乏な私小説作家の自己陶酔は、そんな所に原因している錯覚なのだという気がする」(「貧乏物語」)と、これは自戒の言葉であるとともに、私小説作家への辛辣《しんらつ》な批評になっていた。

また、モク拾いをしていた「乞食時代」には、モク拾いより乞食をした方が割りがいいのではないかと思い、文春のあったビルの入口に、空き缶を置き、地べたに座って「仕事」にとりかかった。最初にやって来たのは池島信平さんで、「あ、今度は乞食か。早速一つ書いてくれ」といったが、これは断った。「その時貰《もら》ったのが百円」で、次に現れた石川達三《たつぞう》氏は、千円札を入れて行った。

「金が溜《たま》り、そのうちに溜り過ぎて、とうとうこんな原稿を書く身分に出世したのか、落ちぶれてしまったのか、そこの所はよく解らない」で終っている。そのあとに、陋《ろう》巷《こう》にあった時の方が道が楽しめるとか何とか、もっともらしいことがつけ加えてあるが、これは蛇足というもので、池島さんに見すかされて、おそらく健坊は照れているのである。

当時の彼はお喋りだったと書いたが、そのお喋りは晩年までつづいた。

「あんなにだらだら書き流さなくても、もっとイメージを大切にしたらどうか」

と、ある日河上さんが注意したところ、健坊は平然として答えたという。

「僕は書き流さなくちゃ書けないんです」

それについて河上さんは、健坊の場合は、「思想が溶けて流れだす」と表現しているが、「文章が流れる」ということは、小林さんや青山二郎さんがもっとも嫌うことだった。思想は、打てばひびくように、カチッと音のするもので、水のように流してはいけないと信じていたからだ。少くとも私はそのように理解しているが、健坊は、それを逆手にとって成功したといえるだろう。別言すれば、自分で積極的に「流れ」を創《つく》りだして行ったと見ることもできる。今、若い人たちの間で人気があるのは、流れに乗ることを得意としているからで、乗りすぎると破綻《はたん》することもまた作者は知っていたのである。

したがって、その文体は健坊だけのもので（もともと文体とはそういうものではあるが)、真似しやすいようで、真似すると失敗すると思う。簡単に「世紀末的」といって片づけることにも私は不賛成で、彼ほど正統派の文士はいないのではあるまいか。国粋主義者といっては誤解を招くだろうが、正直で、大真面目《まじめ》に、日本の国を愛し、日本文化の行末を憂《うれ》えた点では、牧野伸顕にも劣るまい。

実際に一つの、或《あるい》は幾つかの職業に携っていても或はいなくても外見には閑人《ひまじん》であること、或は少くとも何をやっているのか解らない人間であることが大切だった。又それで気が付いたのは如何《いか》にも役人らしい役人だとか画家らしい画家だとかいうのが日本、それも今の日本人に限られた現象で、それ以外の場所で職業が顔に書いてある人間などというものは先ずないことだった。(『絵空ごと』)

その一例として船の中で会ったサマーセット・モームをあげているが、彼はいかにも人の好さそうな御隠居さんで、「しかしその眼付きは鋭かった」と日本人なら言いたいところだが、少しもそんな風には見えなかった。庭の手入れをしている植木屋さんにしても同様で、手馴《てな》れているから、熱心に仕事をしているようには見えない。「私は作家だぞという顔をしているその作家が実際に何か書く時にはどうするのだろうと勘八は思った」。勘八というのは『絵空ごと』の主人公みたいな男のことである。みたいというのは、『絵空ごと』でも、『金沢』でも、主人公みたいな人間が四、五人登場するからで、その場にいる人がその場の主人公になる。彼の小説はそういう仕組になっていて、その場の主人公に作者はふだん思っていることを自由自在にいわせている。もとより絵空ごとだから、誰も傷つきはしないし、作者にも責任はない。まったく巧《うま》いことを考えたものだと思う。

お喋りのはてに彼はそういうところに行きついたのであって、晩年には酒量は上ったようだが、食べものの量はめっきり減った。そのかわり文章に味わいが出て来たことは、ここにわざわざ指摘するまでもない。

谷崎潤一郎は『文章読本』の中で、悪文でもいい文章というものはある、といっていたように記憶するが、健坊の場合はさしずめそれに当るだろう。青山さんは健坊が書いた外国の話を読んで、「これ、面白いけど誰が飜訳《ほんやく》したの」と尋ねたというし、小林さんははじめから匙《さじ》を投げていた。最後まで付き合ったのは河上さんだけで、健坊の成熟ぶりをどんなにうれしく思っていたことか。そういう意味では、河上さんこそほんとうの批評家で、他の二人はどちらかといえば詩人に近かったのではなかろうか。というより、詩人の魂を持たなければ、評論は書けないと思っていたのかも知れない。

若い頃の私は生意気だったから、先生たちの尻馬《しりうま》に乗って、健坊の書くものなんかてんで見向きもしなかった。読んでいたのは、ヴァレリーの『ドガに就《つい》て』の飜訳と、「ロッホ・ネスの怪物」の一篇だけである。あとはこの度はじめて読んだもので、作品が多いのでその全部に及ぶことはできなかった。

「ロッホ・ネスの怪物」は「あるびよん」という雑誌にのっていたのをたまたま読んだのであるが、何か灰色の縹渺《ひょうびょう》とした雰囲気が、スコットランドの風景と過不足なく調和しており、ひどく心をひかれるものがあった。その頃は私も毎晩飲みに出かけていたので、「はせ川」へ行ってみると、河上さんと健坊がいたので、そのことをいうと、二人とも、わが意を得たり、という風であった。

「あれが健坊の〈幽玄〉ってものですよ」

と、河上さんはいった。もう一人、傍《かたわ》らに顔みしりの編集者がいたが、彼は変な顔をしてすぐ出て行ってしまった。

「あいつバツが悪いんだよ。彼の雑誌でボツにした原稿を、あんたが褒めたんで居たたまれなかったんだ」

と、河上さんが解説する。「いいキビだ」ということになり、その夜は遅くまで「怪物」を肴《さかな》に三人で飲んだことを思い出す（ついでのことに断っておくと、健坊にはもう一つ、「ロッホ・ネスの怪物その他」という作品があるが、こちらの方は怪物についてくわしく説明してあるだけで、それほど面白くはない）。

もう一つ思い出すことは、河上さんと健坊、青山さんと私、その四人で「よし田」のそば屋の二階で飲んでいた時のことだ。何かの話から河上さんがこういうことをいった。

「俺が磔《はりつけ》になる時は、健坊、お前どうするかい」

「参ります、参ります、何もかも放《ほ》っぽり出して、僕は駆けつけます」

青山さんはしばらく黙っていたが、ややあって吐きだすようにいった。

「俺はヤだね。磔になるところなんか、弟子に見せたくはない」

河上さんと青山さんの違いを、その時ほどはっきりと感じたことはない。どちらがいいとか悪いとかいうのではない、いかにも河上さんらしい、健坊らしい、青山さんらしい、と思っただけである。

その四人の中で一番若い健坊が一番先に亡《な》くなったのは、かえすがえすも残念である。河上さんも、青山さんもいなくなってしまった今日、残ったのは私ひとりになったが、夕暮の庭の面《おもて》を眺めていると、今にも健坊が「いっしょに飲みましょうよ」と木蔭から現れて来そうな気配がする。私もいつかそういう時が来るのを待っていたような気がしないでもない。いくつになっても、どんな境界《きょうがい》でも、新しい友を得るのはたのしいことである。それにしても、変な奴と友達になったものだと、傍らにある『絵空ごと』をまた取りあげて読み返そうとしている。

(「新潮」一九九三年七月号)

珍品堂主人　秦秀雄《はたひでお》

秦秀雄さんが亡《な》くなった時、いくつかの雑誌社から、追悼のための座談会を頼まれた。秦さんは生前、とかくの噂《うわさ》があった人であるが、何といっても骨董《こっとう》の世界では、独自の目を持った人物であり、私とは古い付合いであったから、むろん喜んでひきうけた。それは去年（昭和五十五年）の秋のことだったが、いつまで経《た》っても座談会は実現しない。ひきうけたのは私だけで、ほかの人々はみな敬遠して、逃げてしまったというのである。いずれも親しく付合っていた人たちだから、私は意外に感じるとともに、人の心の冷たさを見せつけられたように思ったが、人間にはそれぞれ立場というものがあるのだろう。秦さん、と聞いただけで、コチンと来るものがあったに違いない。それは私だって、贋物《にせもの》をつかまされたり、法外な値段をふっかけられたりして、ひどい奴《やつ》だと思ったことはあるが、それにも拘《かか》わらず、私は秦さんが好きだった。稀《まれ》に見る目利《めき》きだと信じている。何よりも、死んだ後まで世間の人々に恐《こわ》がられるとは、大したことではなかろうか。私はそういう人物について考えてみたい。私みたいな世間見ずが、いくら考えたところで、その正体がつかめるとは限らないが、お線香の一本ぐらいはささげることができるかも知れない。座談会がお流れになってしまった今、私が願っているのはそれだけである。

そういう人間に、小説家が食指を動かすのは当然のことだろう。今から二十年ほど前、井伏鱒二《いぶせますじ》氏が、彼をモデルに「珍品堂主人」という作品を書かれた。ベストセラーで、映画にもなったから、覚えている方は多いと思う。秦さんのまわりには、文士が大勢いたので、井伏さんはそういう人たちから取材され、私まで呼ばれて何やかや喋《しゃべ》ったことを思い出す。その頃の私は、骨董の方でもほんの駆出しで、まして秦さんのことなどわかる筈《はず》もなかったが、……たぶんそのためだろう、井伏さんには申しわけないけれども、その小説はちっとも面白いとは思わなかった。ところが、今度読み直してみると、まるで別物の感がある。今さら井伏さんの小説に感心するのもおかしいが、それが文学というものの有がたさであろう。そこには秦さんのいやらしさも、面白さも、意地の悪さも、人の善さも、あますところなく書きつくしてあった。ただ、慎重に砂糖でまぶしてあるため、私のような未熟な読者にはわからなかっただけの話である。

小説の中で、秦さんは、加納夏麿という初老の男になっており、掘出しものを発見して、自分のものにする魅力に取憑《とりつ》かれている。骨董買いと、女道楽の間には、大変似通ったものがあるから、秦さん、いや珍品堂主人も例外ではなく、大事な客の妾《めかけ》に惚《ほ》れている。彼女は下ぶくれの、おとなしい女性であった。その女の人と、骨董の珍品が、精巧な織物のように、時には縦糸となり、横糸となって、物語をあやなしてゆくのがまことに面白い。一例をあげると、ある日、珍品堂は、彼女の家で、横浜の宇田川という仏教美術屋に会い、「大和古印」を手に入れたから、明日横浜まで見に来いといわれる。

大和古印と聞いては、珍品堂はもうたまらない。太政官印とか正倉院文書なんかに捺《お》した古印には、一寸五分四方ぐらいのものがありますが、文字が奈良建築の軒の曲線を思わせる美しい線を持っています。古建築は個人では手に負えないが、古印の線を見ていると古建築を偲《しの》ぶことができるんです。……云々《うんぬん》。

井伏さんも骨董がお嫌いではないようだが、こういう文章になると、読者に古印の説明をするかたわら珍品堂がのりうつったようになり、舌なめずりをしながら書いている姿が目に浮ぶ。

その古印には、「麗水」というのびのびした字が彫ってあった。珍品堂は、その時金がなかったので、無念やるかたなく、「好きな女に振られたような思いで」あきらめて帰ったが、ひと月ほど経って、東京の骨董屋で再びその古印にめぐり会う。骨董とはそうしたもので、思っていれば必ず一念は通じる。今度は「逃げようとする女を抱きとめるような思いで」金を都合し、やっと自分のものにすることができた。自分のものになると、人に自慢をしたくなる。早速、来宮《きのみや》という文士に見せると、「『はッ、これは』と云《い》って、たちまちくにゃくにゃです」だが、当時の来宮の著述なんか、国策に合わないから売れはしない。売れないから、買えもしない。ざまぁ見やがれ、と珍品堂は得意になった。

それから戦争が烈《はげ》しくなり、戦争が終って、ある日静岡の醤油《しょうゆ》屋の旦那《だんな》が会いに来た。珍品堂がうやうやしく、錦《にしき》の袋に入ったかの古印を見せると、旦那はきょとんとした顔つきで眺めている。こんなものなら家の蔵に、掃いて捨てるほどありますよ。昔はレッテルのかわりに、四斗《しと》樽《だる》へ捺したもんだから、使い古しの印がいくらでも残っているという。珍品堂は身の毛のよだつ思いがした。そういう時の骨董は化け物じみて見えるものである。が、話はそこで終らない。もっと気味がわるいのは、横浜の宇田川がまた古印をねだりに来て、ぜひ買い戻したいといったのである。

これが一般の取引きなら、その大和古印は贋物だと宇田川に云うべきです。しかし骨董気違いには、親子兄弟といえども気を許してはいけないと云われている通り、珍品堂主人は「いい鴨《かも》だ、しめた」とばかりに顔色ひとつ動かさない。鼻ぐらいは少しぴくぴくさせたかもしれないが、知らん顔で云ったことでした。

「お前さん、大和古印を買い戻したいなんて、どうした風の吹きまわしかね。いい買手が見つかったのかね」

そこは宇田川もさるもので、けっしてその手には乗らない。店の飾りにしたいなんて、空うそぶいている。そういうやりとりが何度かあって、珍品堂はかねてから目をつけていた木彫の誕生仏を、古印ならぬ醤油屋のハンコとひきかえにせしめてしまう。

何事もなく月日は経ち、しばらくぶりで宇田川に会うと、先日の古印は右から左に売れて、お蔭《かげ》さまでもうけさせて貰いましたと、礼をいわれたので、珍品堂はまたぎくりとする。それで一件落着かと思っていると、古印は廻《めぐ》り廻って、最初に買った骨董屋の手に渡り、「……妙なものですね。いい品物は、同じところをぐるぐる廻っているんですね」とその骨董屋を得意がらせる。といった工合で、贋物の古印は人間どもを尻目《しりめ》にかけながら、勝手に一人歩きをしはじめていたのである。今頃はどこかの美術館に、澄ました顔でおさまっているかも知れない。そうなるともう誰にも手は出せないし、口も出せない。いったい贋物・真物なんて何だろうか、と私は思ってしまう。

この大和古印の話は、小林秀雄さんの「真贋」の中にも出て来る。それによって私たちは、来宮という「国策に合わない」文士が、小林さんであることを知るが、横浜の宇田川は、仏教美術では随一の目利きである藤田青花、また銀座の壺井《つぼい》は、日本橋の壺中居《こちゅうきょ》らしいことに気づくのである。そのほか、青山二郎さんや青柳瑞穂《みずほ》さんも度々登場するので、知っていればよけい面白いけれども、そんなことは小説の興味とは関係ない。はじめの方に私は、一例をあげると書いたが、一例だけでも骨董の世界は、こんなに複雑怪奇で、わけのわからぬ所なのだ。いずれも海千山千のつわもの共が、一寸五分四方の贋物にひきずり廻されている姿は、正に百鬼夜行図そのものである。

珍品堂主人は、誕生仏を手に入れてから、急に信心深くなり、毎日仏さまを拝むようになった。彼は北陸地方のかなり格式の高い寺の出で、仏さまに対して、ふつうの人とはいくらか違う感覚を持合せていたらしい。信心深くなったとはいえ、「どうか今日も骨董の掘出しものをお授け下さるよう」祈るのだから、ほんとうの信仰とは呼べないであろう。忽《たちま》ち罰《ばち》が当って、掘出しものはおろか、物価騰貴《とうき》で暮しも立ちにくくなった。そこで心機一転、料理屋をはじめることにした。折よく昔からの客に太っ腹の旦那がいて、空いてる邸《やしき》と金を貸してくれたので、これこそ仏さまのお蔭と欣喜《きんき》雀躍《じゃくやく》する。金持の事業家と、珍品堂のやりとりも、狐《きつね》と狸《たぬき》の化かし合いみたいで面白いが、こまかいことは割愛したい。珍品堂は店のために、お手の物の食器を注文したり、諸国から珍品ならぬ珍味をとりよせたりして、毎日楽しそうに働いていた。

その料亭へ、蘭々女という四十がらみのお茶の師匠が乗りこんで来る。金主の紹介で、はじめは相談役ということだったが、珍品堂が自分の趣味を生かすことに有頂天になっている間に、だんだん深入りして来て、ついには店を乗っとられる始末となる。このしたたかな女が誰であるか、私にはさっぱり見当がつかない。それは私が秦さんを知る以前のことであり、もしかすると、北大路魯山人《ろさんじん》を女に仕立ててあるのかも知れない。秦さんが、魯山人とともに星ヶ岡茶寮を経営し、喧嘩《けんか》して別れたことは有名だからである。

ともあれ、蘭々女は、珍品堂の手におえる代物《しろもの》ではなく、雨水がしみこむように徐々に店を喰い荒して行き、珍品堂は体よく追い出されてしまう。この料理屋の部分が、小説の中心になっていることは、ほぼ三分の二がそれに費やされていることでわかるが、店を追われた珍品堂は、傷心のはてに来宮をおとずれる。来宮の小林さんは、いかにも評論家らしい手さばきで、「秋風落莫《らくばく》」の珍品堂を慰めてくれた。要するに彼がだまされたのは、「現象としての過程であり、結果であったということだ」。第三者から見れば、いわば友釣りの囮《おとり》の鮎《あゆ》のようなもので、利用されて放っぽり出されたにすぎない。囮は尻尾《しっぽ》に鋭い針をつけているという。

「お前さんのお尻をまくると、毛の生えた尻尾が最低三本ぐらい生えてるんじゃないかね。どうせお前さんも悪く苦労させられたろうからね」

そのひと言で、珍品堂は機嫌を直す。

「来宮は口は悪いが花道のいい男です」

という井伏さんの言葉も利いており、二人は連立って、銀座の壺井へ行く。珍品堂にとって、骨董あさり程の妙薬はないからだ。その店で一人の若い男に出会う。大阪の生れで、会社員から一流の美術商の主《あるじ》になった律義者《りちぎもの》である。小説では丸九という名前になっているから、Mさんと呼んでおこう。彼は中国の古美術から入ったが、次第に日本の天平・藤原のものに心をひかれるようになった折も折、先生であり、舅《しゅうと》でもあった目利きの老人に死なれ、途方に暮れていたのである。来宮の勧めで、珍品堂はこの若者の仕入れを手伝うことに話はきまり、やっと元気を取戻す。ただし、わたしは商売人ではないから、わたしが惚れこんだものしか買わないよ。月並の骨董品は御免をこうむると、珍品堂の看板に箔《はく》をつけることも忘れなかった。

願ってもない相棒を得た彼は、それから毎日骨董あさりに励むのであるが、自分もぼろい儲《もう》けをするかたわら、相手にも適当に儲けさせるのだから、まず申し分はない。Mさんの眼も次第に肥えて行き、今まで誰もかえりみなかった古伊万里《こいまり》に目をつけ、珍品堂にせいぜい集めるよう頼んでおく。実はこの古伊万里がはやったばかりに、Mさんは後に大損をするのだが、そのことについては後に書く。小説はそこのところで終っており、珍品堂は、今にきっと値が出ると信じていた古伊万里が、ようやく日の目を見るようになった前祝いに、酒を呑《の》みすぎてお腹《なか》をこわしていた。

秦さんは、よほど料理屋が好きだったようである。というより、一度味わった甘美な夢が忘れられなかったのだろう。星ヶ岡茶寮を出た後は、目黒茶寮を営み、それが戦争で駄目になると、またしても千駄ヶ谷に「梅茶屋」を開いた。戦争が終って間もなくのことである。私がはじめて秦さんに会ったのはその頃だが、骨董気違いが料理屋をやりたくなるのは自然なことで、自分の集めた珍品で、客をもてなす程たのしみなことはない。それは茶道の精神にも通じるもので、日本人の審美眼の源はそこにある。かたわらいい商売にもなったであろう。まだ料理屋が少い頃だったし、疎開《そかい》先から友人たちも帰って来たので、梅茶屋は繁昌《はんじょう》して、忽ち文士のたまり場みたいになった。小林秀雄、青山二郎、河上徹太郎、今日出海《こんひでみ》、三好達治など颯爽《さっそう》とした人々が毎日のように出入りをし、時には居つづけて仕事をすることもあった。皆さん活気があって、仲よく飲んでいるかと思うと、突然修羅場と化す時もある。ああいう付合いは、今の文壇にはないものだと思う。秦さんにとっても、もっとも充実した一時期で、戦後の文壇に、「梅茶屋時代」と名づけてもいい期間が存在したことは確かである。

それもわずか数年で崩壊したが、理由は私にはわからない。大方「珍品堂主人」の料亭の場合と似たようないきさつがあったに違いない。誰のせいにしても、秦さんの責任であったことは事実で、井伏さんも小説の中でいわれているように、彼にはたしかに器用貧乏で、お人好《ひとよ》しのところがある。一応は成功しても、長つづきしない。毛の生えた尻尾をさらけ出してしまうのだ。

その反面、秦さんは、ぽっと出の世間見ずに対しては、いつも親切な小父《おじ》さんだった。私が安心してなついているのを見て、青山さんは「毒蛇の尻尾にじゃれてる」といい、秦さんのことを分裂症だと評した。いい所と、悪い所が、はっきり分れているというのである。青山さんは何事でも、かたちに現して見せる人だったから、一円アルミ貨を火鉢の灰の中に落し、「もうこれだけで秦の人間は変ってしまうよ。見ててごらん。たった一円でも顔色が変る。お金が間に入ると、別人になるんだ」というかたわらで、秦さんは仕方なしに苦笑している。青山さんは意地悪で、いつもそんな風に人をとことんまでやっつける癖があった。さいわい私は金持ではなかったので、大した被害をこうむってはいない。秦さんは最後までいい小父さんで、……ということは、敵に廻すほどの力が私にはなかったし、目利きでもないことの証拠だから、けっして自慢にはならないのである。

梅茶屋がつぶれると、しぜん梅茶屋クラブも解散になった。が、料亭の夢はいつ果てるともなくつづき、目に見えておちぶれて行く様は気の毒であった。骨董の掘出しものも少くなっていた。その間にもいろいろな商売を計画し、その度に失敗した。そして、失敗するごとに人に恨みを残したようである。それは秦さんの罪というより、宿命のように見え、人間は一生のうちで、くり返し同じ模様しか描かないように思われた。

あまりうだつが上らないので、青山さんをカミサマにして、秦さんがマネジャーになり、新興宗教を起してはどうかという話もあった。それは勿論《もちろん》笑談に終ったが、鎌倉かどこかで、ほんとうに新興宗教をはじめ、欲ばりな彼は、自分でカミサマとマネジャーを兼ねたため、失敗に終ったと聞いている。それは大体三ヵ月が限度で、何を企画してもそれ以上はつづかなかった。いくら当人のせいとはいえ、ずい分辛《つら》いことであったに違いない。

そういう苦労がつもりつもって、世間では秦さんをいやが上にも悪い奴に仕立てあげてしまった。世間がよってたかって、悪者に造りあげた感じさえする。自分でもそのことをかくそうとはしなかった。いくらか偽悪家的な趣味もあったようで、半ば自慢げに悪事を吹聴《ふいちょう》する時もある。「善人なほもて往生をとぐ。いはんや悪人をや」という親鸞《しんらん》の詞《ことば》がお得意で、何かといえばひけらかし、そういう時の秦さんは、意に反して、善人中の善人のように見えるのであった。

ここまで書いて私はあることを思い出した。梅茶屋時代に、小林秀雄さんは、ドストエフスキイの「『白痴』について」を執筆していたが、ある時、勢よく玄関から入って来て、「今日は秦のことを書いた。あいつはレエベヂェフだよ」といったのである。

レエベヂェフといっても、急には思い出せぬ読者もあると思う。白痴のムイシュキンをめぐる男たちの一人で、いつもムイシュキンにつきまとっている。小林さんの言葉を借りていえば、「女に生れれば、典型的な鉄棒曳《かなぼうひ》き、その気になれば一流の幇間《ほうかん》もつとまると言った四十歳の小役人」で、金持とみると、阿諛《あゆ》のかぎりをつくして、離れようとしない。

併《しか》し、レエベヂェフは、そんな見易《みやす》い性質だけで出来上った月並みな俗物の類型ではないので、この道化が人を捕えて離さぬ魅力には、何かもっと違った大事な性質がある事は、〈白痴〉の読者が、はっきり感じている筈《はず》である。（「『白痴』について　Ⅱ」）

一方で「黙示録」の講釈をするかと思えば、一方では卑劣きわまる振舞もやる。このわけのわからぬ人間の秘密を、小林さんは、ドストエフスキイが書いた創作ノートの中で発見する。そこには「レエベヂェフ、天才的な芸術像」とあり、創作ノートには次のような会話が記されていた。

レエベヂェフ、公爵《こうしゃく》（ムイシュキン）に、「さよう、しかし弱い人間でがす、弱い人間、あんまり弱い人間で……何もかもその弱さから起った事で、その為《ため》にこうしたいっぱしの悪党になりおおせた訳でがして……」

公爵、「君は、まるで悪党なのを自慢している様ですね、さも満足そうに」

レエベヂェフ、「まあ、どうでしょう。そりゃ全くその通りでがすよ」

ズバリ秦さんのことではないか。小林さんの論文はもっと詳しく、もっと面白くつづいて行くが、一々思い当ることばかりである。レエベヂェフの考えによれば、「優れた人間とか成功した人間とか言われている連中は、皆、強い、つまり人間の弱さに関して冷淡な鈍感な人間なのだ」といって、軽蔑《けいべつ》し切っている。そういう自称悪党ほど純真な心に対して鋭敏なものはない。だから白痴のムイシュキンに彼は手も足も出ないのである。

勿論、秦さんは小説の中のロシヤ人とは違う。また私たち世間見ずなやからが、ムイシュキンの無邪気さと似ているわけでもない。だが、秦さんが初心者に対して、いつも親切で明けっ放しだったのは、レエベヂェフのような秘密を胸に秘めていたからではないか。この卑屈なロシヤ人は、ずるく立ち廻って生活しているだけの男であるが、秦さんには骨董という「作品」があった。あえて「作品」と呼ぶのは、骨董は自分自身の眼が造り出した芸術であり、人生の表現でもあるからだ。彼は骨董の上でも、わかり切った一流品や、名のある優等生を軽蔑し、人間でいえばムイシュキンのような無垢《むく》な美を愛していたのである。

ふつう世間の人々は、贋物・真物を見分ける人を「目利き」という。それに違いはないのだが、私にいわせればそれは鑑定家で、経験さえ積めば、真贋の判定はさして難しいことではない。駆出しの学者でも、骨董屋の小僧さんでも、そのぐらいの眼は持合せている。むつかしいのは、真物の中の真物を見出《みいだ》すことで、それを「目利き」と呼ぶと私は思っている。「名人は危うきに遊ぶ」といわれるとおり、真物の中の真物《ほんもの》は、時に贋物と見紛《みまが》うほど危うい魅力がある。正札つきの真物より、贋物かも知れない美の方が、どれ程人をひきつけることか。しまいには、自分だけにわかればいい、「人が見たら蛙《かえる》になれ」と念じているのが、日本の目利きの通有性である。

「贋物を怖れるな。贋物を買えないような人間に、骨董なんかわかるもんか」——

秦さんはいつも豪語していた。私が知るだけでも、彼は古伊万里、佐野乾山《けんざん》、魯山人など、「贋物のあるところ、必ず秦あり」といわれる程、贋物にかかわって来たが、目が利かないから、贋物を売買したのではない、目が見えるからあえて危険を冒したのだ。

たとえば左の天啓赤絵の茶碗《ちゃわん》は、私が昔、秦さんから買ったもので、人によっては贋物と鑑定するかも知れない。天啓の焼きものは、こんなに焼きが甘くはなく、形ももっとしっかりしている。少くとも茶人は、茶道の約束にはまらないから、まず絶対に手を出すことはない。いってみれば、これは出来損いの茶碗であって、レエベヂェ

天啓赤絵茶碗

古伊万里赤絵壺

フの言葉ではないが、優れた一級品や、完璧《かんぺき》な作品にはない味わいがある。それは桃山時代以来の美意識の伝統であり、秦さんはその正統な後継者であった。

その下の古伊万里赤絵の壺も、やはり秦さんから私がゆずり受けたもので、ある美術評論家に、まぎれもない贋物と断定された。古伊万里—贋物—秦という先入観にとらわれていたのかも知れない。その評論家はもう亡くなったが、実物を見ずに、写真だけ見て書いた。第一、色が悪い。線も弱くて、力がない。線はろくろで引くから、こんなにきれぎれになる筈《はず》はない、というのである。

その写真はひどい出来で、鮮やかな赤は、どす黒い紫色に写っており、いびつな形を、いびつに見えない角度から撮影してあった。正確にろくろを引けば、線も正確に描けたであろう。だが、ゆがんだ壺ならば、線も真直《まっす》ぐには引けず、切れたり弱くなったりした筈である。何もかも、写真から起った間違いなので、その評論家を咎《とが》めだてする気はないが、後に伊万里の現代作家がそれを読んで、誰がみても正真正銘の古伊万里なのに、何故《なぜ》あんな間違いを仕出かしたか、不思議でならないと私に語った。私にとってはどうでもいいことだが、亡き秦さんのために弁明しておきたい。そして、くどいようだが、もう一度いっておく。もしこの古伊万里が完璧な形で、形と線に一分のすきもなかったら、秦さんも私もけっして興味を示さなかったであろう、と。

贋物と、そのすれすれの危うい橋を渡るのだから、たまには間違いが起るのも仕方がない。たとえば昭和三十年代に、骨董界に一大旋風を巻起した贋物伊万里も、佐野乾山も、秦さんの「発見」によるところが大きい。が、少くとも最初のうちは、心底惚れぬいていたことは、私がその場に居合せたのだから間違いはない。「こんなうぶな美しさがあるだろうか」、「乾山はこんなに鮮やかな油絵みたいな絵を描いたのか」等々、感嘆おく能《あた》わざるものがあった。それが嘘《うそ》だとは、私は未《いま》だに思ってはいない。秦さんは、骨董の上でも夢を見る人で、こういうものがあったらいい、ああいうものに出会えたらどんなにうれしかろうと、寝ても醒《さ》めても理想の珍品に想《おも》いを馳《は》せていた。だから時々変な買物もした。風化して、簾《すだれ》のようにスケスケになった根来《ねごろ》の盆を買い、裏に針でついたほどの朱が残っているのを指して、「ほら、建長元年って書いてあるでしょう。こんな盆はめったにあるもんじゃない」と見とれていたりする。虫めがねで見ても、建長はおろか、文字らしい形跡はどこにもありはしないのだ。その他、渡辺綱《わたなべのつな》が産湯《うぶゆ》を使った井戸枠とか、秀吉《ひでよし》愛用の硯《すずり》だとか、頼朝《よりとも》公三歳のしゃれこうべに類するものがいくらでもあった。骨董にはつきものの伝説が、およそ那辺《なへん》から生ずるものか、秦さんの熱中ぶりを見ているとよくわかったが、贋物の古伊万里も、乾山も、まったく彼の芸術的才能が造り出した夢の産物に他ならない。

問題は、それが贋物とばれてからで、ばれた後も彼は平気で売りつづけたことである。惚れていたから、手持ちがたくさんあったのであろう。青山さんが「分裂症」と呼んだ所以《ゆえん》である。ある日、電話がかかって来て、今夜東京駅に、発掘の伊万里が九州から着く。これが最後だから、三百万円出しなさい、儲かりますよ、という。当時の私にはそんな大金はなかったし、儲ける気もなかったので、その申し出は有がたく断った。

その贋物にひっかかったのが、「珍品堂主人」に出て来る大阪のMさんである。彼は古伊万里に少からぬ興味を持っていたので、忽ち飛びついた。何でも十倍くらいに売ったという話であるが、先にも書いたように、彼は正直一途《いちず》な律義者である。やがて贋物だと知れると、得意先を一軒一軒まわって詫《わ》びた上、代金をきれいに支払ったという。Mさんにとっては、大きな打撃だったに相違ないが、それで世間の信用を得たとすれば安いものである。得意先の旦那衆も、彼の窮状をみて、放ってはおかなかったであろう。

私が不思議に思うのは、あれ程古伊万里に惚れていた秦さんが、どのあたりから忽《こつ》然《ぜん》と欲張りじじいに変身したのか、その変り身の早さだが、本人にとっては、極めて自然な成行きであったに違いない。贋物と真物は紙一重である。善人と悪人も、また然《しか》り。分析不可能な存在を、分析できると信じているのは、現代人の思い上りではなかろうか。今は仏と成った秦さんには、南無阿弥陀仏《なむあみだぶつ》と唱えておくのが、一番よさそうに思われる。

彼の晩年は、比較的幸せだったようである。贋物騒ぎも一段落し、珍品もおさまるところへおさまって、そう簡単には掘出せなくなっていた。そのかわり、誰も目をつけないような面白いものを、片田舎の道具屋（もしくは屑屋《くずや》）から発掘して来た。たとえば明治時代に、日本人がはじめて作ったブリキ缶だとか、西洋鋏《ばさみ》とか、今はもうなくなった一升徳利《どっくり》や、駅弁の土瓶のたぐいである。ブリキだって、百年も経てば馬《ば》鹿《か》にならない。使いこんで、とろけるような味になっており、鋏も土瓶も徳利も、それなりの風格をそなえていた。いずれも二束三文なので、気に入るとただでくれたが、天平・藤原の逸品を見分ける、その同じ眼が発見したものだから、そこらのがらくたとは格段の相違があった。そういう所でも楽しめるのがほんとうの目利きであり、そういうものこそほんとうの珍品といえるであろう。

しぜん旅をして暮すことが多くなっていたが、思いもかけぬ地方の骨董屋で、秦さんには色々教えて頂いた、お世話になったと、感謝している人々はたくさんいる。東京でも若い人たちを集めて、得意の説経節で骨董の講義をしたが、その集りを「落穂会」と名づけていたのも、いかにも秦さんらしい。

そのようにして、珍品堂主人、秦秀雄の名は、次第に津々浦々へ浸透して行った。といって、どさ廻りの骨董屋に成下ったわけではない。都会にはもう見るべきものはなくなっており、年老いた秦さんは、打々発止《ちょうちょうはっし》の修羅場より、純真な若者たちとの付合いを愉《たの》しんだのであろう。彼らは弟子というより信者に近く、したがって先生の真《ま》似《ね》はできても、その真実の姿はつかめなかったようである。私もよく地方へ取材に行くが、出雲でも、北陸でも、東北でも、「わたしが珍品堂です。井伏さんの小説のモデルです」と名乗って出る男に会って、驚いたことがある。周囲の人々も信用しているようなので、まさか真物を知っているともいい出しかねて、吹きだしたいのを我慢しているが、贋物で悪名高き秦さんも、死んでいよいよ真物になったのか、それみたことかと、心中ひそかに快哉《かいさい》を叫んでいるのである。

（「芸術新潮」一九八一年七月号）

大往生　梅原龍三郎《りゅうざぶろう》

外は雨が降っていた。きのう白洲次郎の四十九日を済ませ、何となくほっとした気分で、新潮社で原稿の打ち合せをしての帰りであった。飯田橋から市ヶ谷への夜道はすいており、黒く光った路上に映る信号がまぶしい。私はひどく眼が悪いのである。眼の手術をしなくては――、ぼんやりそんなことを考えていた時、タクシーのラジオから、「安井曾太郎《そうたろう》氏と並び称された画家で……」という声が飛びこんで来た。安井さんと並び称される、といったら、梅原さんをおいてはない。「慶応病院へやって下さい」私は反射的に運転手さんに頼んでいた。

梅原さんが暮から入院されていることは知っていたが、早く家へ帰りたいといわれていることを、つい二、三日前に聞いたばかりである。今までにもそういうことは何回もあった。もう駄目だと思っていると、不死鳥のようによみがえる。今度もそうあってほしいと念じていたのだが。

病院の駐車場はすいており、雨足だけが強くなっている。私はそそっかしいので、いつも物事を確かめもせずに飛び出すくせがある。間違いであってほしい。そう思いながら扉をひらくと、玄関のホールではお医者さまの記者会見が行われていた。病室はわからないので、うろうろしていると、そこへお孫さんの嶋田啓作さんが出て来られた。

お互いに、言葉にもならぬ挨拶《あいさつ》を交した後、啓作さんはこういわれた。

「遺言により、葬式はいたしませんので、御了承下さいまし」

白洲が死んだ時も、これと同じ言葉を私は、何度皆さんにいったことか。あまりくり返したために、切口上になって、ハンコで押したように素っ気なくなったことを思い出す。

こんな場合には、少しでも早く失礼した方がいい。ほんとは梅原さんの死顔を見て、お別れがいいたかったのだが、そのためにこうして馳《は》せ参じたのであるが、遺族の方たちのことを想《おも》うと、なるべくそっとしておいて上げたい。「お母さま、くれぐれもお大事に、ね」それだけいうのが精一杯で、早々に退出した。

翌朝の新聞に、梅原さんの遺書がのっていた。

葬式無用
弔問供物《くもつ》
固辞する事

梅原龍三郎

そのあとに「生者は死者の為《ため》に煩《わずら》わさるべからず」と記してある。

人はなんて同じことを考えるのだろうと私は思った。白洲の遺書も、「葬式無用」ではじまり、その主旨も、端的なところも、寸分違《たが》わなかったからである。「生者は死者の為に云々《うんぬん》」とは書かなかったが、口ではいつもいっていたことで、死んだ人のために、生きている人たちが、無理をしてまで努めるのをいやがった。もともと葬式というものは、生者の慰めのために行うものであったのが、その本来の意味が失われ、心にもない儀礼がはびこっていることへの反感も、白洲の場合はあったと思う。まして、梅原さんほどの大人物ともなれば、その思いはひとしお強かったに違いない。

一月十八日、――ちょうど今日に当るが、親しい人たちが集って、梅原邸でお別れの会があると聞いたが、それも私は失礼した。自分の経験がまだ生ま生ましいので、とても御遺族と顔を合せる気にはなれないのだ。それよりひとり静かに書斎にこもって、梅原さんの憶《おも》い出の中に身をひそめていたい。

今述べた梅原さんの遺書の宛名《あてな》には、奥様と遺族の名前が全部記してある。そのうち奥様とお孫さんの一人が消してあるのは、先生より先に亡《な》くなられたからだが、強い線で引いた消しの跡には、やり場のない悲しみがこもっているように見えた。宛名の中に一人息子の成四《なるし》さんの名がないのは、遺書を書くより前に他界されたためで、老少不定は世の習いとはいえ、人並以上に家族を溺愛《できあい》した先生にとって、身を切られる思いであったに違いない。

そういう時の先生の態度は、実に立派であった。成四さんは既に四十歳に達しており、将来を期待された仏文学者であったが、脳出血か何かで一夜のうちに世を去った。私は軽井沢へ行っており、たしか梅原夫妻も軽井沢にいられたと思うが、東京のお宅へ駆けつけた時には、もうお骨になっていた。その時の御夫妻の毅然《きぜん》とした応対ぶりは忘れられない。却《かえ》って私の方がだらしなく取乱したりして、逆に慰められる始末であった。

奥さんが亡くなられた時のこともよく覚えている。それは昭和五十二年の春の頃で、私はどこかの出版社から、梅原さんの絵について書くことを依頼されていた。それについて伺いたいことがあったので、電話をすると、先生が出て来られた。

「実はおばぁさんが死んでしまってね。面倒なのでどこへも知らせなかったが、来週ならいつでもいいから遊びにいらっしゃい」

私は一瞬自分の耳をうたがった。先生の口調が、あまりに淡々としていたので、急には信じることができなかった。おそらくしどろもどろにお悔みの言葉を述べたのであろう。次の週になって、お参りかたがた梅原さんのお家《うち》へ行くと、食堂兼居間になっている部屋に、三十号ほどの大きな絵がおいてあった。

「おばぁさんが死んだ晩に、これを描いたんですよ。朝までかかってしまった」

それはいつもの梅原さんの絢爛《けんらん》豪華な作品とは違っていた。あきらかにまだ遺体のおいてある祭壇を描いたものだが、全体がしっとりとした色調でおさえられ、雲かと見《み》紛《まが》うばかりに花が一面に咲き香っている。その一番奥、というより上の右の方に、二つの顔が並んでいた。その頃既に私は眼を悪くしていたので、それが顔だか写真だかはっきりしなかった。一つはたしかに梅原夫人を描いたもので、もう一方は、夫人の若い頃の面影かと思ったが、後になって考えてみると、そうではなく、あれは成四さんの肖像画だったに違いない。先生はそういう形で、花の雲のかなたに昇天した夫人が、成四さんと再会した情景を思い浮べて描かれたのであろう。

その絵の中からは、至福にみちた鎮魂歌がひびいて来るように思われた。このような作品によって、後世《ごせ》を弔《とむら》われた夫人は女冥利《みょうり》につきるというものだ。梅原さんはいつも、艶子《つやこ》夫人があとに残ることを気にされていた。彼女は子供のように純真で、先生なしでは一日も生きて行けないような女性であった。「重荷をおろしたような気がする」と、奥様が亡くなられた時ぽつんといわれたのが、私にはよくわかるような気がした。

掌中の珠《たま》のようなお孫さんが、パリで急死されたのは、つい数年前のことで、その時はお悔みにも行かなかった。先生はもう大分弱っておられ、お悔みのかわりにお好きな酒と料理を持参すると、喜んで食べて下さった。そして、お孫さんのことはお互いに触れずじまいであった。

思わず暗い憶い出ばかりになってしまったが、後に聞いた話によると、次女も幼い時に亡くされたそうで、家庭的にはけっして幸福であったとはいえない。成四さんが亡くなった時、私は奥様のことを心配していたが、意外に元気にしていられたのは、先生が後ろでしっかり支えていられたからだろう。そういう時の先生の態度から、私は「平常心」というものを学んだ。感情の烈《はげ》しい人だから、蔭《かげ》ではどんなにか慟哭《どうこく》されたであろうに、人前にさらけ出して困らせるようなことは絶対になかった。

そういう気丈さと、人並はずれた頑健さを、人は「怪物」と称したが、私は怪物と思ったことは一度もない。反対に、梅原さんほど心の優しい、よく気のつく人間はいなかったと思う。お金に困っている友人がいると、いくらでも自分の作品を与えたし、それも失礼にならないようにと、ひどく気を遣われたものである。あの遺書一つをとってみても、そういうことはわかるが、私がもっとも感銘をうけたのは、一生かかって集めた蒐集品《しゅうしゅうひん》を、惜しげもなく各地の美術館へ寄贈された時のことである。

それについては前に書いたので、くわしくは述べないが、死後の相続税を考慮に入れてされたことかも知れない。が、けっしてそれだけではないと思うのは、先生の気の入れかたが尋常ではなかったからである。その蒐集の中には、無準師範《ぶしゅんしばん》の「釈迦宝殿《しゃかほうでん》」の書をはじめとし、中国、エジプト、ギリシャの古美術、日本の肉筆浮世絵に、乾山の「立葵図《たちあおいず》」、また油絵では、ルノアール、ドガ、ルオー、ピカソ等々、ちょっと思い出すだけでも古今東西の名品を網羅し、御自身の作品も数十点加えられていた。

何か珍しいものが手に入る度に、先生はうれしそうに見せて下さった。お金があるから集ったのだ、といってしまえばそれまでだが、えてして金持というものは（支払いに苦労しないから）つまらないものを買うものだ。そこは長年絵で鍛えた眼に狂いはなく、どれ一つをとってみても、梅原さんの個性が光っていた。学者に相談して買ったようなものは一つもないのである。それが、一流の名品ばかりかと思うとそうではなく、大津絵や絵馬や作者不明の小品まで交っていて、却ってそうしたものに偏見のない鑑識眼がうかがわれ、統一のないところに、懐《ふところ》の深い梅原さんの好みが見出《みいだ》されるように感じた。

そんな風に血の通った蒐集を、いくつもの美術館にわりあてるのだから、その仕事は大変であった。もっともそれは後からお嬢さまの嶋田紅良さんに聞いたことで、先生は秘密裏に行われたようである。だから『DONATION UMEHARA』というカタログを頂いた時はびっくりした。時価数十億円にも及ぶ蒐集を、しかもあんなに愛していた美術品を、根こそぎ渡してしまうとは、こちらの方が惜しくてたまらなかったくらいである。が、しょせんそれらは梅原さんにしてみれば、全部食いつくして血肉と化した後の、食べ滓《かす》の如《ごと》きものであったかも知れない。

「以前は死ぬことばかり考えていたが、この頃は死ぬことも忘れてしまった」

と、その頃からいわれるようになって行った。絵を描くことも止《や》めてしまい、そのかわり、夢の中で絵筆をとるようになったことは、新聞や週刊誌が報じたとおりである。

だが、このことは、単なる呆《ぼ》け老人の習性として片づけるわけに行かない。そんなことよりはるかに深刻で、絵画に対する梅原さんの執念、というより思想を物語っているからだ。これを言葉で言い表わすのはむつかしいが、昔元気で、絵を描いていられた時でも、先生の心は現実世界から遠くはなれた所にあり、モデルはそこへ誘って行くためのきっかけにすぎなかった。どうも私にはそんな風に見えてならないのだ。でなければ、モデルはもうちょっと現実のモデルに似ていた筈《はず》で、女でも、浅間山でも、富士山でも、梅原さん自身の情念の爆発に他ならない。自画像といっては言いすぎかも知れないが、若い頃くり返し「ナルシス」を描いた芸術家にとって、すべては自己の中に沈澱《ちんでん》し、陶酔するための手段ではなかったか。令息にナルシという名を与え、令嬢を好きな色にちなんでアカラと呼んだことも、自分の芸術の分身を意味したことを語っている。

「わたしは若い頃、役者になりたくてたまらなかった。そのためにパリへ行ったのだが、役者は多くの人たちと付合わなくてはならない。それがわずらわしくて、絵描きになった」

と、先生は何度も私に話された。青山二郎さんに訊《き》くと、梅原さんは若い頃、水のしたたるような美男子で、あんなきれいな男は見たことがないといったが、その夢は老年になっても醒《さ》めなかったらしい。

「今でもときどき役者になって、舞台に立っている夢を見る。それもナポレオンに扮《ふん》して、軍隊を叱咤《しった》激励している姿だ」

私は今、昭和三十一年作の「富士山」の絵の写真を眺めているのだが、紅葉に燃えあがる群山を見下ろし、夕焼雲をしたがえてそびえ立つ富士山は、正に梅原扮するところのナポレオンを彷彿《ほうふつ》させる。人間の長所と短所は紙ひと重だ。身心ともに健康で、精力的で、はで好きだった先生は、老年に至っても、腕ずくで自然をねじ伏せようとした。融合とか、同化という言葉は、先生の辞書にはなかったようである。それは目ざめるような美しい作品の数々を生んだが、さすがに晩年になると衰えを見せはじめた。衰えというより、気負いというべきか、ことに純金の延板に描いた油絵などは、なぜそんなものを必要とするのか、理解に苦しんだものである。

が、それにも終止符を打つ時は来た。数年前からカンバスに向うこともなくなり、かわりに夢の中で絵を描かれるようになった。傍目《はため》にはお気の毒なことであったが、御本人は平気で、ときどき居眠りをしながら、「今、絵を描いていた」とか、「あんなきれいな色は見たことがない」とか、「今度のバラは傑作だ」とか、醒めるとうれしそうにいわれることがあり、醒めない時はそっとして帰ってしまう場合もあった。「夢の記」を書いた明恵上人《みょうえしょうにん》は、夢の中で真言密教の奥義《おうぎ》を極めた。夢を見ることによって、現実世界では到達し得ぬ境地に至ったといえようか。梅原さんの場合は、それとはちょっと違うが、老衰の結果、身心脱落して、絵画の神髄をつかんだといっても、そう間違ってはいないと思う。仏教にいう止観と、画家がものを見ることの間には、本質的な差はないと私は思っている。そこのところが、世の常の呆け老人とは違う。たしかに「死ぬことも忘れてしまった」ほど呆けていられたのは事実だが、骨の髄まで「画家」であった先生には、もう絵画しか残ってはいず、全身これ絵と化していたことは疑いもない。次第にこの世は色あせた空虚な世界となり、夢の中に真実のいのちを生きるようになった。そこで描かれた「傑作」を、私たちは見ることができないが、たとえば富士山を強引に征服するのではなしに、富士山が向うの方からやって来て、自然に手の内におさまる、そういった態《てい》の画風ではなかったであろうか。

今までの作品の中にも、そういう傾向のものがまったくなかったわけではない。でなければ私は、想像することもできなかったであろう。思い浮ぶままに記してみると、昭和五十一年の「大根島《だいこんしま》の牡丹《ぼたん》」、バラの連作のうちのいくつか、鈴木治雄《はるお》氏の家で見た「もみじ」の絵、画集の扉に描かれた天人の群像など、一般的な梅原さんの概念からややはずれた、軽くて、柔軟性にとんだ作品の延長線上に、私は私の夢の梅原を見るのである。

去年の十一月のはじめ、白洲といっしょに私は軽井沢へ行った。去年の紅葉はどこもよくなかったが、白洲がゴルフ場へ行っている間、友達の車で峠から矢ヶ崎の方へもみじを見に行った。ふと思いついて、梅原さんの別荘へ立ちよってみると、そこのもみじだけは実にみごとに紅葉していた。

むろん別荘には人影もなく、先生が散歩なさるためにつけた手すり(それは簡単な柵《さく》になっていて、庭の中をめぐるように作ってある)だけが、寂しそうに残っていた。下草にまじる竜胆《りんどう》が、見る人もなく咲いているのが可憐《かれん》で、友達は紅葉と竜胆をフィルムにおさめてくれた。後に梅原さんのお見舞にさしあげたが、あれは見て下さったかどうか。

庭の真中に、大きく枝をひろげて立つもみじは、今から二、三十年も前、背後の山から移されたものである。日当りのよい芝生へ出たので、毎年見違えるように大きくなり、四方へ枝をのばして、気持よさそうに見えた。私が褒《ほ》めると、先生は不満げであった。

「さぞかしよく紅葉すると思って植えかえたのだが、山にいた時の方がきれいだった。霜が来ると、ちりちりになってしまう。植物も一本立ちというのは、どうもよくないようだね」

何げなくいわれたその言葉の中に、私は梅原さんの悲しみを見るように思った。功成り名遂げるというのは、寂しいことに違いない。が、今目の前にあるもみじは、ちりちりになるどころか、枝の隅々まで美しく紅葉して、しかも赤一色ではなく、黄に紅いに染めわけられ、太陽の恵みを全身に浴びている。もし、もみじにも心があるならば、この秋ばかりは精一杯に紅葉して、主《あるじ》の最期《さいご》を飾りたかったのではあるまいか。今にして思えば、あれは一世一代の手向けの花であったかも知れない。

それからひと月も経《た》たぬうちに、白洲は亡くなった。つづいて加藤唐九郎、そして梅原先生、私にもどうやらこの世は色あせて、味けないところになって行くようである。


（「芸術新潮」一九八六年三月号）

何者でもない人生　青山二郎

青山さんが亡《な》くなった時、出版社から、いくつも電話がかかって来た。青山二郎の美意識についてとか、美についてどんなことを教えられたとか、いずれも電話では答えられないような質問であった。

私たちの間で、青山さんはジィちゃんと呼ばれていた。その方が親しみがあるので、そう呼ぶことにするが、世間の人々はジィちゃんのことを、何と誤解しているのだろうと思った。何故《なぜ》なら彼は美について云々《うんぬん》することはなかったし、まして美学を論じたことなど一度もないからである。美術品の目利《めき》きが、美に無関心であったとは、不思議なことに思われるかも知れない。が、彼が信じていたのは、美しいものであり、たまたま美について語ることがあれば、きまってこんな風にいった。

「美なんていうのは、狐《きつね》つきみたいなものだ。空中をふわふわ浮いている夢にすぎない。ただ、美しいものがあるだけだ。ものが見えないから、美だの美意識などと譫言《うわごと》を吐いてごまかすので、みんな頭に来ちゃってる」

ぽっと出の私には、最初は何のことか、まったく理解できなかった。が、少しばかり原稿を書くようになって、自分が頭で考えていることの十分の一も表現できない事実を知った時、いくらかその言葉の意味がわかるようになった。「わかる、わかる」と有頂天になっていると、また冷水をあびせられた。

「わかるなんてやさしいことだ。むずかしいのはすることだ。やってみせてごらん。美しいものを作ってみな。できねえだろう、この馬鹿《ばか》野郎」

そういいながら、傍らのコップを指先で叩《たた》いてみせる。

「ほら、コップでもピンと音がするだろう。叩けば音が出るものが、文章なんだ。人間だって同じことだ。音がしないような奴《やつ》を、俺は信用せん」

ジィちゃんの周囲には、いつも大勢人が集っており、「青山学校」と呼ばれていた。私が入門したのは、戦後のことだから、中原中也《ちゅうや》は既に亡く、他の人たちはみな一流の文士に育っていた。みそっかすの私は、いわば最後の生徒だったわけで、生徒の中には、バァのマダムも、バァテンも、板前も、編輯者《へんしゅうしゃ》も交っていて、ジィちゃんは誰とでもわけへだてなくつき合った。彼らはみな叩けば音のする人たちで、人生経験では、私の遠く及ばないものを身につけていた。

「お前さんは、背骨はしっかりしているが、思想がない。思想を持たなくては駄目だ」

ある日、ふと、そういうことをいわれた。悲しいことに当時の私には、思想と称するものがさっぱりわからなかった。誰それの思想、何々の思想、といったものなら知っている。が、それは自分のものではなく、私のどこを叩いても出る「音」とは違う。時にはとてつもない不協和音を発することもあった。たしかバルザックであったか、誰か西洋の偉い人が、「女は四十にならないと思想が持てない」といったように記憶するが、私もそろそろその年齢に達していたので、内心穏やかならぬものがあった。

「そのうち教えてやろう」といったきり、ジィちゃんは忘れたようであったが、しばらく経《た》って、突然見せてやるといい出した。彼にとっては、思想も眼に見えるものであったのだ。その頃彼は疎開《そかい》先の伊東から東京へひきあげて、五反田のみすぼらしいアパートに住んでいた。国電の山手線からも見える崖《がけ》っぷちに建っており、バァの人たちが住んでいるので、「女給アパート」と呼ばれていた。そんな名前から想像するような艶めいた住居ではなく、崖によりかかって辛うじて建っている陋屋《ろうおく》で、誰もかれも喰べることだけに精一杯のころのことだった。

その中に一人、大金持のマダムがいた。戦争中に闇《やみ》でもうけ、戦後はいち早く店を開いて、がっちり金をためこんでいた。そんなアパートに住む必要はなかったのに、身のまわりのことに一切無関心で、ひたすら金をためることに集中しているという、絵に描いたような守銭奴である。

そのアパートは、今のマンションとは違って、病院みたいに南側に部屋が並び、北側、つまり崖の側はコンクリートの廊下になっている。それぞれの扉には、持主の名札がはってあり、部屋は六畳か八畳のひと間に、小さな台所がついていた。置場がないので、野菜などは扉の外にかけたり、床においたりして、間に合せているという按《あん》配《ばい》である。

「見ていてごらん。もうじきあいつが風呂《ふろ》に行くから」

あいつというのは、金持のマダムのことで、やがて彼女はスリッパの音をさせて、階段を降りて行った。風呂場は地下室の奥の薄暗い場所にあり、彼女の部屋は、階段から一番遠くの隅にある。二十分ほどすると、風呂から上って、廊下を帰って来た。

「見てごらん」しきりにジィちゃんがいうので、扉のすき間からのぞいていると、彼女はいい気持に鼻歌なんか歌いながら、廊下にかかっている葱《ねぎ》を、素知らぬ顔で少しずつぬいて行く。はっきりいってしまえば、盗むのである。

「あれで今夜のお菜《かず》ができるのだ。思想とはこういうものだ。わかったか」

その後、くだんのマダムは病気で全身不随となり、口も利けなくなって、寝たきりの植物人間になったが、算盤《そろばん》だけはしっかりしていて、今でも銀座にバァを何軒も経営しているという。

　ジィちゃんは、昼間は寝ていて、夜になると起きた。その頃私は、銀座に染織工芸の店をやっており、五時ごろになると、きまって晴れやかな笑顔を見せる。いつも奥さんと二人連れだった。それから日本橋の道具屋を廻り、行きつけの寿司《すし》屋に寄り、バァを何軒も梯子《はしご》をして、帰るのは明け方になった。その間に人数はだんだんふえて行き、大勢の女給さんやバァテンと一しょに、烏森《からすもり》あたりで朝食を摂《と》ることもあった。ジィちゃんはそれから寝るので構わないが、こちらは一睡もしないのだから堪《たま》らない。その不眠と深酒が祟《たた》って、私は胃潰瘍《いかいよう》になった。入院したのも一度や二度ではない。その度ごとにジィちゃんは、「精神病だ」といって嘲《わら》ったが、私にとっては、見るもの聞くものが珍しく、胃潰瘍なんかに構っている暇はなかった。

　世間は財産税でごった返していた頃で、骨董《こっとう》屋には今まで見たこともない名品が、毎日のように出た。私が買うことの喜びを知ったのは、その時である。意地悪なジィちゃんは、横目でそれを眺めていて、いいとも悪いともいってはくれない。私が昂奮《こうふん》して、「買った」と叫んだとたん、「何だ、こんなもの、夢二じゃないか」と一笑に附した。別に竹久夢二を軽蔑《けいべつ》したわけではない、空を眺めて物思いにふけっている少女のことをさしたのだ。頭で空想して、眼で見ていないという意味である。あんまり馬鹿にされるので、いつかジィちゃんを出しぬいてやろうと思い、一人歩きをして、気に入ったものを買い、自慢してみせると、「フン、これは昨日僕が売ったものだ」そういうことが何回もあった。その度に私はがっかりしたが、不思議なことに骨董というものは、そう見当違いの所を歩き廻らないようで、わずか四、五人、多くて十人くらいの数奇者の間をめぐっている。未《いま》だに私は青山二郎の世界から足がぬけないし、ぬけなくてもいいと思うようになっている。

ジィちゃんが興味を持ったのは、骨董だけではない。写真にも、スキィにも、水泳にも、音楽にも熱中した。音楽に凝っていた頃は、低音と高音の蓄音機を部屋の両方の隅におき、真中に坐《すわ》って聞きほれていた。ステレオができるはるか以前に、彼はそういうものを発明していたのである。水泳は上手だったが、早く泳ぐのが目的ではなく、何時間でも仰向《あおむ》けに浮いて、そのまま昼寝をすることもあった。その時は、胃の中に空気をいっぱい吸いこんで、浮袋にするという芸当もしてみせた。スキィの場合も同様で、別にスポーツを楽しむわけではない。雪見酒に酔うことと、写真を撮ることに集中していた。「リフトで上って、リフトで下って来るのは俺だけだ」と自慢していたが、そういう時にも面白い発見があった。カメラの望遠レンズで見ていると、遠くの方できれいなお嬢さんが転ぶことがある。とたんに、もっとよく見ようとして、望遠レンズを離すと、何にも見えなくなる。「人間って、おかしなもんだね」と笑っていた。

ジィちゃんの眼は、あらゆる場合に光っており、次から次へと面白い発見をしたが、何といっても古い美術品には、しっかりした美しい形があり、それをわが物にすることによって、人生の糧《かて》としたのであろう。物を食べるように骨董を買い、骨肉化した人間が、単なる蒐集家《しゅうしゅうか》や美学者になれる筈《はず》はない。世にいう鑑賞陶器とはちがって、どんなに高いものでも身近において使いこなし、生活の味がつくのを楽しみにしていた。

ある日、ジィちゃんにしては珍しく、嘉靖《かせい》の金襴手《きんらんで》の茶碗《ちゃわん》を買ったことがある。嘉靖というのは明《みん》の年号で（十六世紀）、金襴手は金で唐草などを描いた精巧な陶器である。それは新品のように鮮やかで、したがって値段も法外に高かった。ジィちゃんの趣味ではないので、不思議に思って見ていると、彼はお湯につけたり、爪《つめ》でこすったりして、その見事な唐草文を剝《は》がそうとする。金襴手は漆で金箔《きんぱく》がつけてあるため、その気になればすぐ剝げる。四、五日経って、「どうだい、よくなっただろう」といって見せてくれた。私たちの好みからすれば、たしかに金ピカの時より、味がよくなったには違いないが、そこまでついて行く勇気は私にはなかった。無理について行ったとすれば、それは真似事《まねごと》に終ったであろう。

一事が万事で、相手が人間であれ、焼きものであれ、とことんまでつき合うのがジィちゃんであった。利休は切腹する時、自分の一番愛していた茶碗を割ったと聞くが、それがまことの茶道であるならば、その精神を現代に生かしてみせたのが青山二郎である。生涯を通じて何もせず、何も遺《のこ》さず、「数奇」に命を賭《か》けたといっても過言ではないと思う。

先に私は、「古いものにはしっかりした美しい形がある」といったが、日本の焼きものの場合、これが難物で、誰が見ても中国陶器のような確かな形を持ってはいない。形があるのは、古代の須恵器《すえき》か、古瀬戸くらいまでで、室町・桃山時代になると崩れはじめる。室町・桃山時代といえば、茶道が発達した頃で、人は完全無欠なものより、動きのある形を好むようになった。時には欠けたり、ゆがんでいたりしても、ゆとりがあって、自然であれば、何もいうことはない。何百年も陶器とつき合ったあげく、私たちの祖先は、そういう物の見かたに到達したのである。人間は不完全なもの、わり切れぬものと合点したといえるであろう。それはわび、さびの思想にも通ずるもので、「楽《らく》」と名づける茶碗は（その全部が美しいというわけではないが）、まことに当を得た命名であると私は思っている。

私は焼きものの説明をする気は更にないが、ジィちゃんはいつも「自分は日本の文化を生きているのだ」といっていた。そのことが巧《うま》くいえないので、つい焼きものの話に及んでしまったというわけだ。人間の中には、中国陶器のように、間違いのない人生を送る人もいる。それもやさしいことではないだろうが、崩れたものを人生の形として生きぬくのは、ずい分辛《つら》いことに違いない。しまいには「盲目になりたい」とまでいっていたが、眼の見える辛さを、明るい笑顔の奥にかくして、最後までジィちゃんは悠々と遊んでいた。

青山二郎は、世間では装幀家《そうていか》として知られている。だから何も遺さなかったとはいえないが、私にいわせればそれは「生活」の余技にすぎない。そういう意味では、文章も書いたし、油絵も描いた。そういう時のジィちゃんは実に楽しそうに見えた。原稿を四、五枚書くと、大事に紙の筒に入れて、銀座へ持って来る。「これはノーベル賞になるぞ」と自慢しながら、バァテンや女給さんにまで見せて廻った。私はいつも話を聞いているので、難解な文章もいくらか通じたが、他の人たちにはぜんぜんわからない。わからない筈である。それはふつうの文章のスタイルを逸脱していたのだから。

どう逸脱したか説明するよりも、ジィちゃんが執筆している時の姿を書いた方がわかりやすいと思う。彼が仕事にとりかかる時は、お仕度が大変だった。先《ま》ず机のまわりをきれいにし、上等の万年筆とインキ壺《つぼ》を揃《そろ》える。吸取紙にまで、美しい文様が描いてあったりした。一字書いてみて、気に入らないと、新しい原稿用紙を出し、一つ一つの文字に心をこめて、丁寧に書く。あんまり気を入れすぎて、ペンがふるえている時もあった。一枚書くのに、少くとも三十枚の原稿用紙を費やしたであろう。推敲《すいこう》に推敲を重ねた末、彼は部屋中にでき上った原稿を並べ、自分は真中に立って俯瞰《ふかん》する。上から見ることによって、文章を整理するつもりに違いない。あっちとこっちを入れ替えたり、消してみたりして、さてその上で、改めて清書をし直して完成するのであった。

それは隅から隅まで醒《さ》めた文章で、よけいなものの一つもない、骨だけ見せたような文体であった。その範囲において申し分なかったが、文章も生きものであることを、ジィちゃんは忘れていた。読者とともに呼吸をし、同じリズムで歩んで行くことを、無視したように思われる。いや、そんなわかり切ったことを知らなかった筈はない、知りすぎていたために、わかり切った言葉を抹殺し、人に快感を与えるリズムや形容詞を拒絶したのである。結果として、世間に通用しない作品となり、私の記憶では創元社から五百部出版した『眼の引越』は、贈呈本のほか殆《ほと》んど売れずに終った。生れつき才能がなかったといってしまえばそれまでだが、ここでも物が見えすぎることの辛さを、ジィちゃんは苦い思いで嚙《か》みしめていたに違いない。

そういうことを私が知ったのは、自分の文章を直して貰《もら》った時である。「新潮」に少し長いものを書き、ジィちゃんは心配だったらしく、「見せてごらん」という。書きかけの原稿を持って行くと、半分以上消されてしまった。「これはあんたの一番いいたいこと」、「これは形容詞が多すぎる」、「これは調子にのりすぎてる」等々、ずたずたに引き裂かれて、原稿も私自身も、ぼろ布《き》れのようになって潰《つぶ》れた。蕎麦《そば》作りの名人は、つなぎを一切用いないという。山芋やうどんこをまぜるのは、芸がまずい証拠である。文章も同じことだと、ジィちゃんは信じていたので、それからしばらくの間、私は原稿が一字も書けなくなった。

油絵にも似たところがあった。彼が好んだのは、主として風景画で、一枚一枚の葉にも心をこめて描いた。それは抽象画ではなかったが、自然にはあり得ない景色であり、またどこかで見たことのあるような、将来見るかも知れないといったような、不思議に予感めいたものを感じさせた。時にそれは白樺《しらかば》の林であったり、深い沼の風景であったりしたが、長い間見つめていると、息苦しくなって来る。その頃ジィちゃんは絵を売って生活の足しにしていたが、「ここに風を吹かせたら買ってあげる」そう私がいうと、「生意気なことをいうな」と、少し淋《さび》しそうな顔をした。

油絵に比べると、さすがに装幀には傑作が多く、今も人の口の端《は》にのぼっているが、それは気軽に描けたためかも知れない。気軽といっても、手をぬいたわけではないが、梅原龍三郎のような大家でも、小品に却《かえ》って面白い絵があることを思えば、素人《しろうと》画家の場合はいわでものことである。亡くなった後で、奥さんに聞いた話では、今に必ずいい絵を描いてみせる、構想は既にでき上っていると語ったそうで、ジィちゃんが胸に秘めていたものを、見ることができなかったのは残念である。

青山二郎の人となりを書けという注文で、思い出すままに記してみたが、二、三日前に、編輯者《へんしゅうしゃ》さんが、参考にといって、ジィちゃんの「愛陶品目録」という冊子を届けてくれた。その中には三枚の絵しか描いてなかったが、最初の頁《ページ》をひらいて私は驚いた。そこには「風が吹いていた」からである。伊東に住んでいた頃の作だろう、小川のほとりに竹林があって、爽《さわ》やかな空気が流れて行く。例によって、丹念には描いてあるが、油絵に見る重苦しさはなく、軽いタッチで虚心に筆を走らせている。油と墨の違いだけではあるまい。売るために描いた油絵には、さすがのジィちゃんにも、いささかの心の迷いが生じたとしか思われない。彼は自分が大事にしていたものに、「人が見たら蛙《かえる》になれ」と口癖のようにいっていたが、人に見せるために描いた作品は、蛙に化けることもならず、窮屈な額ぶちの中に閉じこめられていたのである。

それ以上に私を感動させたのは、井戸の茶碗の絵であった。どんな絵の大家でも、このように美しい茶碗を描いた人はいない。その重さも、色も、口当りも、手にとるようにわかるのは、ジィちゃんが心の底から愛していたことを語っている。まわりには、茶碗にあてた恋文が綿々と記してあり、終りの方にこう書いてある。

酒もいけない
空腹もいけない
眠不足もいけない
人と話の種にするのもいけない

女房の留守に
そっと出して
可哀《かわ》いがるべし
夢手離すナ
出世さすナ

私の書き方が不充分で、「人が見たら蛙になれ」という言葉につまずいた読者は、右の文を読んで下されば納得が行くと思う。李朝《りちょう》の徳利《とっくり》についても、同じことがいえる。この、「愛陶品目録」を、ジィちゃんは死ぬまで他人に見せなかった。そこにはたった三枚の絵しか描いてはないが、おそらく人が見たら蛙になれ、蛙になれ、と念じていたに相違ない。それにつけても、再び絵筆をとることがなかったのは残念である。井戸の茶碗も、李朝の徳利も、今は行衛《ゆくえ》が知れなくなっている。

ジィちゃんは三年この方、寝たきりの病人になっていたが、私はお見舞に行かなかった。訃報《ふほう》を聞いたのは、熊野の山奥へ取材に行っていた時で、何故か私はほっとした。これは自分でも不思議であり、申しわけないことに思ったが、今でもほっとしていることに変りはない。彼は晩年、親の遺産をついで金持になり、暮しには困らなくなっていたが、その生活は依然としてストイックなものであり、それも遊びと放浪に徹し切ったストイシズムであってみれば、もはや見るのが辛かった。人は自分の都合のいいように考えるものだから、それさえ見舞や葬式に行かなかったことの言いわけにすぎないかも知れぬ。だが、ほっとしたのは事実であって、特に弁解しようとは思わない。

追悼会の席で、友人からこんな話を聞いた。ジィちゃんは、しまいには人の顔も見分けがつかなくなっていたが、ライターに火をつけて、「ねえ、きれいだろ、ほんとうにきれいだろう」と、いつまでも焔《ほのお》に見入って飽きなかったという。その話を聞いた時、私は背筋がぞっとした。美神に命を捧《ささ》げた人間は、意識が朦朧《もうろう》となった後までも、美を追求して止《や》まなかった。美なんて書くと、また叱《しか》られるかも知れないが、ライターの焔だって、眼に見えるものである。ぎりぎりの形である。ジィちゃんはとうとうそんな所まで行ってしまったのかと思った。

「芸術新潮」の一月号に、洲之内徹《すのうちとおる》氏が、青山二郎のことを書いていた。氏は一度も会ったことはなかったが、友達から話を聞き、「いったい青山二郎って何者なんだろう」という疑問を持つ。あげくの果てに、「その、何者でもないところが青山二郎という人物なのだろう」という結論に達する。そんな簡単に達したわけではなく、文章を書きながらあっちへ行ったり、こっちへつっかかったりして、次第に近づいて行くところがまことに面白い。面白いだけでなく、美事である。私はさもジィちゃんのことをわかったようにいって来たが、洲之内さんの半分も理解していたかどうか、疑問に思う。「何者でもない」ものをとらえることは難しい。難しいのを承知で、私の眼に映じたままのジィちゃんを書いた。それだけが正しいと思っているわけではなし、冥途《めいど》から怒鳴られるのも覚悟の上で。

（「暮しの創造」一九八〇年春号）

さらば「気まぐれ美術館」　洲之内徹

あまり急なことなのでどこからはじめていいかわからない。

洲之内さんが入院して、意識不明になったと聞き、先《ま》ず念頭に浮んだのは、困ったナ、弱ったナアということだった。突然そんなことを思ったのは我ながら不思議であったが、周知のとおり洲之内さんは銀座に現代画廊をいとなんでおり、多くの無名の画家たちはそこから巣立って行った。現代画廊は若い画家たちの登竜門であっただけでなく、彼らが互いに切磋《せっさ》琢磨《たくま》する道場でもあった。そんなことをいうと洲之内さんは、「大げさな」といって笑うかも知れないが、「芸術新潮」に連載していた「気まぐれ美術館」を読めば、誰にでも想像のつくことであろう。

そういう根城を失って、彼らはさぞかし困るだろうということと、似非《えせ》芸術家や似非批評家が跳梁《ちょうりょう》している現代の風潮に、洲之内さんはたった一人で立ち向っているように見え、彼がいなくなったら私たちはどうすればいいのか、――私たちというのは、現代画廊は単に画家だけのものではなく、音楽家も文筆家も医者も新聞記者も編集者も、その他あらゆる方面の人々の溜《たま》り場であったからで、その一員である私が途方に暮れたのはわかって頂けると思う。

人間は「棺を蓋《おお》いて事定まる」というのはほんとうのことなのだ。洲之内さんの仕事は地味であり、寡黙《かもく》な人であったから、一般には知る人は少いと思うが、池袋のささやかな教会で行われた葬式には、お義理で来た人なんか一人もいず、みな心から洲之内さんの死を悲しんでいた。こんなことを書くのも空々しく聞える程それはしんみりした集りで、互いに互いの心の内を察して、いたわり合っているように見えた。お通夜《つや》の晩に、はじめてお目にかかった松田正平さんは、はじめて会った私の両肩をつかんで、「洲之内さんは、わたしの全部だった。全部だったのヨ」と悲痛な声でいわれた。

「松田さんのアトリエは汚いが、汚ならしくはない。そういう汚ならしいもの、他人を意識したものが一切ない」と、洲之内さんは「気まぐれ美術館」の中に書いているが、松田正平さんはそういう人物であることがひと目でわかった。現代画廊もそのとおりの画廊であった。おそらく東京一みすぼらしい画廊で、東京一古くさいエレヴェーターがついている。梅原（龍三郎）さんが癇癪《かんしゃく》を起して、歩くのが大嫌いな先生が、三階まで階段を登って来られた話を聞いたことがあるが、馴《な》れるまでは重い扉と蛇腹戸を閉めるのがひと苦労だった。

今、蛇腹戸と書いて思い出すのは、最後に洲之内さんに会った時、——それは九月のはじめ頃であったが、例によって皆さんと夜更《よふ》けまで話しこみ、二時か三時頃になってしまった。私は一旦《いったん》サヨナラをしてエレヴェーターに乗ったが、何を思ったか洲之内さんは追っかけて来て、蛇腹のすき間から両手で私の手を握りしめ、「身体《からだ》を大事にして頂戴《ちょうだい》よ」と何度もくり返した。おもえばあの時洲之内さんは自分の身体が弱っていることを知っていて、私をはげましてくれたに違いない。「あたしは大丈夫」そういうと、とても好《い》い顔をして笑ったが、なぜあの時私は気がつかなかったのだろう。今となってはそれが羞《はずか》しくもあり、無念でもあるが、その笑顔が忘れられなくて、私は洲之内さんの死顔を見ることができなかった。今も洲之内さんは私の心の中で笑いつづけている。いつまでもそうしていてほしいと思う。

こんなことを書くと、さも古いお馴染《なじ》みのように聞えるが、私が洲之内さんに会ったのは五、六年前のことで、ほんとうの意味での紹介者は小林秀雄さんであった。小林さんが洲之内さんを評して、「今一番の評論家だ」といったことは、週刊誌にまで書かれて有名になったが、九月号の「気まぐれ美術館」には、高橋新吉さんが洲之内さんを嫌いで、白洲正子がそう書いているがどうも怪しい、といったと書いてある。だが、小林さんの言葉は私がこの耳で聞いたから確かなことなので、一度ならず何度もいい、その度に「会ったことないの？」と問われた。

変な言いかただが、小林さんは「批評」というものにあきあきしており、作者の人生と直結したものでなくては文学と認めてはいなかったのである。小林さんだけでなく、青山二郎さんも、「芸術新潮では洲之内しか読まない」と公言していた。それでも機会がなくて会うことができずにいたが、二人の先生が死んでしまうと、何か私は責任を果たしていないような気がして来た。ある日思い切って現代画廊を訪ねると、洲之内さんは入口のところに立っており、お互いに顔を合せただけですぐ解《わか》った。小林さんの紹介といったのはそういう意味である。

どちらかといえばそれまでの付合いの関係上、私は絵画より骨董《こっとう》の方に興味があった。というより、絵は高くて手が出せないものとはじめからあきらめていたのである。だが、現代画廊ではそんなことはなかった。もともと自分の商売より「発見」の方に重きがおかれていたのと、絵が好きな人たちに買える値段で売るという考えであったらしい。画廊の主人には辛《つら》いことだろうが、評論家としては、或《ある》いは人間としては、貰《もら》えるだけのものは絵から貰っていた。時には絵から逸脱して、とんでもない所へ行ってしまうのが「気まぐれ美術館」の文章の面白さで、名実ともに洲之内さんは放浪の人生を送っているように見えた。

私ははじめて会った時、画廊には大勢の人が集っており、洲之内さんは誰も紹介しないのに（彼はいつもそうだった）お互いにたのしげに会話を交していた。今でも顔はよく知っているのに、名前を知らない人が大部分である。何しろはじめてのことなので、洲之内さんと共通の話題は小林秀雄しかなく、「僕は若い頃左翼だったけれど、小林さんの作品を読んで転向したんですよ。もっともどれ程左翼だったか、怪しいもんだが……」といった。これは初耳だったので驚いたが、そういえば「気まぐれ美術館」の中にこういう言葉があるのを思い出した。

私の転向のきっかけになったのはドストエフスキー、それとシェストフだ。とはいってもみんな忘れてしまったが、読んだときの、私の心につけられた思考の条痕《じょうこん》のようなものが残っている。とにかく、私は、自分というものを、それまでのように社会・経済的必然の中で見るのでなく、全く別のレベルで見る見方を知ったのだった。そのレベルで見る精神の世界は無限に深く、広く、そして自由なのだ。そのときのうれしさは忘れられない。マルクス主義の枠が目から除《と》れたときはじめて、私は、物があるがままの物として、形容詞抜きで私に見えてきたのを感じた。（昭和五十四年一月号「チンピラの思想」）

小林さんとはいっていないが、小林さんに導かれてドストエフスキーやシェストフに出会ったのであろう。その自由な眼で物を見ていた彼は、小林さんその人にもとらわれてはいなかった。

「小林さんは地主悌助《じぬしていすけ》が好きだったでしょう。それはいいけど、現代の絵かきは地主さんだけしかいない、とどこかでいっているのを見て、僕は小林さんを読むのを止《や》めちゃった」

彼は酔っぱらっていたので、いくらか誇張があったかも知れないが、実に正直で、飾り気がなく、そして怖い人だと私は思った。

洲之内さんが悪いと聞いた日から、私は「気まぐれ美術館」を読みつづけていた。私なんかがお見舞に行っても邪魔になるだけだし、せめてそうすることによって気を紛らわしたいと思ったからである。そして、亡《な》くなった後もそれはつづいた。追悼文の依頼をうけてからは、必要上からも読みつづけたが、読めば読むほど面白くて止められない。しまいには原稿を書くのがいやになって、いまだに読みふけっている始末である。この魅力はいったいどこから来るのだろう。洲之内さんの文章はかならずしも最初から読む必要はなく、任意にめくったページから読みはじめても、何の抵抗もなく入って行ける。辻褄《つじつま》を合せることはいやだと、どこかでいっていたのを覚えているが、起承転結なんてことは考えてみたこともないらしい。

今、机の上に開いてあるページには、松本竣介《しゅんすけ》の「画家の像」（昭和十六年）と、靉《あい》光《みつ》の「梢《こずえ》のある自画像」（昭和十九年）が並んでいる。どんなことが書いてあるかといえば、松本竣介の文章が嫌いだということで、なぜ嫌いかといえば「〈われわれ〉〈僕達〉調だから」で、「短い感想を書いても、〈われわれは人間を愛している〉とくる。こいつがたまらない」。なぜたまらないかといえば、「〈われわれ〉とは実在ではなく、ひとつの立場だと、私は思」っているからで、大画面の中央に突っ立って、いまにも演説をはじめそうな竣介の自画像にもそのいやらしさが現れているという。

それに比べると、靉光の自画像には、「〈われわれ〉などというあやふやなものはひとかけらもない。代りに、ひとりの男の、言葉にはならない無限の想《おも》いだけがある。……これが芸術というものではないのか。竣介の大作の自画像にはそれがない」。洲之内さん自身がマルクス主義の「われわれ調」にどっぷりつかった経験があるために、そのいやらしさが身に沁《し》みているのであろう。だが、それだけではない。画面の裏にかくされた作者のもう一つの自画像を、発見する悦《よろこ》びも教えてくれる。絵にはオンチの私が、何度洲之内さんに物の見かたを教わったことか。それは自分の生きかたを離れたところに芸術も文化もないということで、「気まぐれ美術館」も、現代画廊も、彼の飄々《ひょうひょう》とした人生の表れに他ならなかった。

ところでこの文章は、竣介とも靉光とも関係のない「羊について」（昭和五十四年二月号）という題ではじまっている。

「今年は私は死ぬかもしれない、と私は思ったりする。するといっても、たったいま、ひょいとそう思っただけであるが、今年でなくても、ここ五、六年のうちには死ぬかもしれないと、この頃思っているようである」。そこで私はいつ「羊」が出てくるのかと、それにつられて読んで行くうちに、死んでも心残りはないという話になり、目の前に赤旗が立っている風景が現れて、「二、三ヵ月すると、こんどは春闘とかでまた立つだろう。この一事を以《も》ってしても、心残りなどあるはずがない」ということになる。

そこから留置場の中でゲーテやファーブルやディッケンズやポオを読んだ記憶が

甦り、四ページあとにやっと松本竣介に辿りつくのだが、そこで洲之内さんは、「羊について」という題であったことを思い出す。「早く羊を出さなければと思いながら、羊の代りに甕光が出てきたりしてしまったが、なぜこうなったかというと、私は、今年は羊の歳《とし》だから羊のことを書こうと思い、〈今年は〉と書いたとたんに、〈死ぬかもしれない〉という方へ話が行ってしまった」という調子である。文体も何もあったものではない。が、それが誰にも真似《まね》ることのできない洲之内徹の文体なのであって、そのとおりに生きたところに彼の見事な人生がある。

では、羊はどうなったかといえば、桜田さんという人から聞いたスペインの羊の話は実に面白かったが、「そのときはもうだいぶビールがまわっていたせいか、さて書こうと思うと、まるっきり思い出せない」と来た。「そこで、またもや予定を変更して、話がもっぱら中国の羊の話」になり、何のかのと言いながら、結局「私」は共産主義の経験を買われて、或いは買い被《かぶ》られて、軍部の情報の仕事を手伝っていたのだから、「共産党で食っていたという事実に変りはない」といった後、羊を食う場面の描写になって終る。

「厳寒の凍るような星空を頭上に、燃えさかる焚火《たきび》に向って横木に片足を掛け、煙を上げる羊の肉を長い箸《はし》の先で拾いながら、束の間《つかま》、戦争のことも忘れたりして……」。

何が共産党か。共産主義なんてものは、とっくの昔に羊といっしょに食ってしまったくせに、とぼけやがってと私は思う。洲之内さんの文章の魅力である。

その次の章は、「自転車について」(昭和五十四年三月号)という題である。どうせ自転車なんか出て来やしないと思っていると、一行目にもう書いてある。松田正平さんが、いつも絵を描きに行く瀬戸内海の祝島《いわいしま》というところへ取材に行き、二十年ぶりで自転車に乗ったというのである。

そこから話は松田さんのことになり、「自転車のことは後廻しにして」、先に記したアトリエの描写に移って行く。そこでは松田さんは誰とも話をしない。話し相手は自分だけ、「絵を描くことも独り言なのだ。ところで、現代の絵画、現代の小説、あるいは現代の評論から全く失われてしまったのがこの独語性、モノローグの精神ではあるまいか。……独り言は愚か、会話というものすらいまはない。テレビで対談というのがある。何のことはない。顔だけ相手に向いているが、声はこちらに向いている。……殊《こと》にそれが職業化したアナウンサーのお喋《しゃべ》りのイヤラシさ。いまやマスコミ用喋り方というものが完成されつつある。だが、他人事《ひとごと》ではない。いまは絵だってみんなそうではないですか」。

洲之内さんは、祝島で撮ってきた写真を見せて、この島がなぜ松田さんの唯一《ゆいいつ》のモチーフなのか、聞き出そうと試みるが失敗する。松田さんはとぼけて、話をそらせてしまうのだ。「正平さんはタヌキですよ」と、いつか私にそういったことがあるが、このあたりの会話の呼吸というか、心を分け合ったタヌキ同志の付合いには、堪《こた》えられぬものがあったに違いない。二人はおない年で、毎年大晦日《おおみそか》には、洲之内さんが千葉県市原の鶴舞《つるまい》に松田さんを訪ねて、うどんを食べるならわしであったと聞くが、……こんなことを書くにつけても、「洲之内さんはわたしの全部だった」という松田さんの声が聞えて来て、今年の大晦日はどうして過されるであろうかと、よけいなことを考えてしまう。

それから祝島への旅の話になり、山茶花《さざんか》の咲いている宿屋の話になって、瀬戸内海の景色の話になるが、アンノン族に荒されるから、それは褒めないことにするといって、やっと自転車の話に戻る。それは戦後間もなく見たイタリヤ映画の「自転車泥棒」で、いつかテレビで放映されて私も強烈な印象をうけたが、貧乏な男がやっと仕事にありつき、質屋から自転車を請け出したとたんに盗まれる。彼は小さな男の子を連れて町中探して歩き、方々で小突き廻されるが、ふと人気のない路次に自転車が立てかけてあるのを見、それを盗んで乗って行こうとした時、巡査に捕まってしまう。

子供がそれを何ともいえぬ眼で見送っている。「そこを見たとき、私は涙を流した。当時はイタリヤ・リアリズムというような言葉があって、感心してその映画を見たのだったが、いまはもう見たくない。ああいう場面には耐えられそうもない。私も年をとった」。

「自転車について」はそこで終っているが、ここまで書いて来て私は、大事なことを見落していたのに気がついた。先の松田さんのおとぼけの話の中にこういう会話が出て来る。松田さんが、古い作品を取り出して来て、若い人がどうしてもこの暗い絵をほしいというのだが、

「陰気なものには、あたしはマイナスをつけるんですよ、しかし、若い人には陰気なのがいいのかな」

「とも言えるし、陰気さに耐えられるのが若さだと言えるかもしれない」

そういう言いかたをしたことに、洲之内さんは照れて、「私がちょっとキザなことを言うと、松田さんは、〈ウーン、そうだなあ〉と、ばかに感心してしまった。私と正平さんとは同い年で、今年中にはどちらも六十六歳になる」。

別に説明は要るまい。「自転車について」のほんとうのテーマはここにあったのだ。前もって布石したわけではないのに、辻褄なんか合せようとしなくてもおのずから合

ってしまう。「自転車について」は、洲之内さんの作品の中では傑作とは呼べないが、またどれが傑作だということも一概にはいえまい。私の机の上に偶然あったから取りあげたまでで、「気まぐれ美術館」の読みかたは、気まぐれに読むのが一番適しているのかも知れない。

洲之内さんは親孝行だった。いや、親不孝だと本人はいうかも知れないが、死んでしまったのだから、いくら照れても追っつかない。とにかく、母上のことはいつも気にされていた。「今年九十四になるのですが、息をしているのが精一杯という風で、あんなにまでして生きているのは、見ていて苦痛ですね」と、ほんとに苦しそうに嘆いていた。私には慰める言葉もなかったが、その母上が十二月三十一日の朝亡くなられた。昭和六十一年三月号の「気まぐれ美術館」に出ているから、その前年の大晦日のことだろう。大阪の妹さんから電話で報告があった。

「母さんが今朝」

「そうか」

それだけで通じたが、洲之内さんは夜起きていて、朝寝るので、ウィスキーを飲んで仮眠をとった。大晦日には例の松田正平さんの家へ行く約束があるので、車を出しに行き、画廊へ寄った後、レコード屋でセロニアス・モンクを四枚買い、千葉へ行く道でコーヒーを飲んだり何かして、松田さんの家で例年どおりうどんを御馳走《ごちそう》になった時は、「奥さんの抜いてくれたビールを、私はもう半分しか飲めなかった」。

それはそうだろう。私ははしょって書いたのだが、松田さんの家へ着くまで洲之内さんははらはらおろおろし通しで、そんなことは一つも書いてはいないのに、堪えがたい悲しみが行間にあふれていたのである。セロニアス・モンクなんて私は知らないが、いくらジャズに夢中になっているからといって、そんな時にレコードを買うことがそもそもおかしい。その一事にも洲之内さんの心中を察することができた。

だが、洲之内さんは、母の死のことは誰にも語らなかった。松田さんにも秘していた。松田さんとは、人間の死にかたの話をして、なるべく人の迷惑にならないように死ねたらいいねえ、そうだねえ、というような話をして、それでも黙っていた。

そんな話をしながら、私は、もう自分はいつ死んでもいいなと考えて、何となく心が軽くなっているのに気が付いた。……アトリエを出たのはかれこれ十二時であった。先に庭へ降りた正平さんが、暗がりの中で、

「おう、もう鐘が鳴っているよ」

と言った。

（こういうところの間《ま》に、無限のおもいがこもっていることを、私はいいたいのだが、いうと崩れてしまうから、聞かないことにしておいてほしい）

元日になると、洲之内さんはまた迷う。もう死んでしまっているが、今行けばまだ形のある母親を見ることはできる。何度もそう思うが、身体中に錘《おもり》をつけられたような疲労感があって動けない。夜昼構わずレコードを聞き、とても起きてはいられないところまで聞きつづけて、ゴロ寝をする毎日であったという。「気まぐれといえば気まぐれでしかないそんな日が、ずっと続いていたのだ」と彼は書いているが、「いつ死んでもいい」と思ったその時から、死を予感しはじめていたのではあるまいか。

「私がどういう息子であったかは、いまこうして、母が死んでも行こうともせず、レコードを聴いて酒ばかり飲んでいる私を見ても分るだろう」という言葉にも、深い悔恨の情が読みとれるが、マヘリア・ジャクソンの黒人霊歌が枕元《まくらもと》のテープから流れだした時、「母の声のような気がした」と彼はいい、「私の眼に涙が滲《にじ》んできたが、その涙も私の涙ではなく、母の涙のような気がした」。こんな切ない母への讃歌《さんか》を私は未《いま》だかつて聞いたことはない。洲之内さんがやっと大阪へ行ったのはそれから一週間後のことで、その間彼がどんなに苦しんでいたか、想像するだけでも胸が痛む。

右の文章は「絵が聞こえる」という題の中の一節で、それから音楽の話になり、テンポとリズムの関係になり、ゴッホの絵の中にリズムを見るといったように展開して行くのであるが、母上の死が洲之内さんに新しく物を見るきっかけを与えたことを暗黙のうちに語っている。いい文章なのでぜひ書きたいと思ったが、枚数がつきた。あとは読者が読んで下されば倖《しあわ》せに思う。

最後にいっておきたいのは、洲之内さんには、一六五回もつづいた「気まぐれ美術館」の連載のほかに、もう一つの「気まぐれ美術館」がある。何十年もかかって集めた絵のコレクションで、その一つ一つに彼の愛情と、人生の重みが秘められている。洲之内さんは生前まとめてどこかへ寄付することを考えており、そういう話を私は何度も聞かされた。が、それはついに実現することなく終った。洲之内さんと親しい人たちはそのコレクションが散佚《さんいつ》することを恐れている。それが自然の人情というものだが、今となっては他人が口をはさむべきではないと私は思っている。よしそれが散佚したにせよ、洲之内さんが食べてしまって、消化しつくしたものならば、本人にとっては何の心残りもあるまい。心残りだと思うのは、自分の感情に溺《おぼ》れているからで、洲之内徹を知らぬ人の言である。彼が好きだった詩をあげておこう。

ここらあたりは
草山ばかり
風に吹かれて
飲むばかり

（「芸術新潮」一九八七年十二月号）

*

*

*

白洲次郎のこと

白洲次郎、といっても、一般の読者は覚えていられないだろう。が、彼の死を報じた新聞や週刊誌に、「吉田元首相の片腕」とか、「懐刀《ふところがたな》」とか、「新憲法誕生の生証人」などと書かれていたのをみると、或《あ》るいは思い出して下さる方もあるかも知れない。たしかに彼はもう過去の人間であった。二、三の会社の役員や相談役はしていたが、老人は出しゃばってはいけないと、晩年にはほとんど辞めてしまい、小田急沿線の鶴川に住んで、隠居の生活をおくっていた。

そんな人間に、なぜ出版社が興味をもったかといえば、今時めずらしく頑固で、直情一徹の士《さむらい》だったからだと思う。その上に、いい意味での英国式のスノビズムを身につけており、実際にも日本語より、英語の方が上手であった。寝言はいつも英語で、それもシャットアップ（黙れ）、ゴウアウェイ（あっちへ行け）、ゲットアウト（外へ出ろ）、といったように、夢の相手に向って怒鳴りちらしていた。本人は嘘《うそ》だといっていたが、奥さん（わたしのこと）がいうのだから確かである。進駐軍相手に喧嘩《けんか》した夢でも見ていたのであろうが、現代の世相に対する憤懣《ふんまん》もふくまれていたに違いない。知人の間では、「白洲の毒舌」は有名であったが、それというのも憂国の士をもって任じていたためで、英語でならウィットを交えた皮肉なユーモアで表現できることも、日本語では単なる悪口に終ることが多かった。

今日出海さんが書いた「野人・白洲次郎」という随筆に、神戸一中時代の白洲は、「丈が高く、訥弁《とつべん》で、乱暴者で、癇癪《かんしゃく》持ちで、我々文弱の徒はぶん撲《なぐ》られる恐れさえあった」と記している。この性癖は終生変らなかったが、彼のゲンコはいつも権力者や、強いものに向けられており、弱いもののいじめをしたことは一度もない。家族のものに対しても、ブツブツ文句はいったが、手を出すようなことは絶対になかった。

次郎の訥弁も、せっかちで癇癪持ちなところから来ていると思う。気ばかり焦《あせ》って、言葉が出て来ない。しぜん手が出る、足が出るといった調子で、いわば悪循環のくり返しであった。その点英語の方が舌ざわりが滑らかなのか、日本語ほどにはどもらなかった。一つには、ほんとの英国人が喋《しゃ》べる言葉は、流暢《りゅうちょう》にすぎるよりむしろ吶々《とつとつ》と口ごもる方がいいとされているからで、安心して喋べることができたのかも知れない。

ここで白洲の生い立ちを簡単に述べておくと、彼の祖父は兵庫県三田《さんだ》の九鬼《くき》藩士で、代々儒者の家であった。祖父は退蔵といい、『三田市史』によると、非常に先見の明のある人物で、維新に際しては、藩主を助けてさまざまの功績を遺《のこ》した。武士には珍らしく経済の面に明るく、県知事をつとめたり、正金銀行の頭取になったりした。福沢諭吉等と親交があり、福沢さんから借金を申しこまれた書状などが家に残っている。祖父は早くからクリスチャンになり、息子たちを外国へ留学させるなどして、明治時代のハイカラな気風は家庭内にみなぎっていた。三田の寺の前の住職から聞いた話では、「アミダはんを池に捨てはった」とかで、血の気が多いのは白洲家の伝統であったらしい。

次郎の父親の文平は、アメリカのハーヴァードを卒業した後、ドイツのボンに学んだ。私の里の父(樺山愛輔《かばやまあいすけ》)も同じようなコースを辿《たど》ったので、若い頃の文平を知っており、いつも仕込み杖《づえ》を持って、肩で風を切って闊歩《かっぽ》しているような青年であったという。帰朝した後、三井銀行に入ったが、算盤《そろばん》なんかはじいていては世間が見えなくなるといって飛び出し、鐘紡《カネボウ》につとめた。ある時上役の奥さんが、何かの拍子に「お前さんがたは……」といったので、「家老の息子にお前さんとは何事か」と怒って、また飛び出してしまった。そして、もうつとめは真平《まっぴら》だといって独立し、綿の貿易商をはじめた。これは性に合っていたらしく、大成功して、一時は大金持になったが、一九二七、八年のパニックの際に没落した。

次郎がケムブリッジに留学したのは、その景気のよかった頃のことで、ケムブリッジで先生になって一生すごすつもりでいたが、家族を養うために止《や》むなく日本へ帰るはめになった。破産の直接の原因は、十五銀行が潰《つぶ》れたためであったが、私の父も十五銀行に関係しており、その頃アメリカの大学に入るつもりでいた私も、早々に帰国せざるを得なかった。あのパニックがなかったなら、白洲次郎と会うこともなかったに違いない。そう思うと、人の運命というのは不思議なものである。

父親の文平には逸話が多く、桁《けた》はずれの豪傑であったが、今ここに一々述べているひまはない。ただ一つ書いておきたいのは、彼は建築が道楽で、家にミヨシさんと呼ぶ腕のいい大工を住まわせており、次郎は子供の頃、その人から多くのことを学んだという。ミヨシさんは、京都の御所の宮大工であったが、大酒飲みで、御所の修理中に酔っぱらって失態をしでかし、首になった。それを哀れんで、というより、その腕に惚《ほ》れこみ、彼を家にひきとったのである。

もちろんそれは景気のよかった時代の話で、後になって私は、文平とミヨシさんが阪神間に建てた家を見に行ったことがある。いずれも金と腕と暇にあかせて造った見事な建築であったが、完成してしまうとまったく興味を失い、直《ただ》ちに次の新築にかかるという風であった。そのために、どの家も壁などは下塗りのままで、未完成で放ってあるのが文平さんらしくておかしかった。まして家族のものは落着くひまもなく、次から次へ引越すのだからたまったものではない。破産した後、小さな家に移った母親は、これでやっと人並の暮しができると喜んでいた。

やがて金も仕事も失った父親は、阿蘇山の麓《ふもと》の荒涼とした畑の中に、六畳ひと間の掘立小屋を建て、たった一人で愛犬とともに暮していた。狩猟が好きだったから、毎日犬を連れて、山を歩いていたのである。その孤独な老人の姿を想《おも》うと同情に堪えないが、この世に生れて、思う存分やりつくしたという諦観《ていかん》には達していたと思う。そうしたある日のこと、掃除のために近所の農家のおばさんが来てみると、ベッドの中で死んでおり、ベッドの下には棺桶《かんおけ》が用意されていたという。

まことに天晴《あっぱ》れな最期《さいご》だと思うが、また一方からいえばわがまま勝手な生涯で、大酒飲みの上、大変な道楽者であった。だから家族はいつも辛《つら》いおもいを強いられていたのである。では、家族をぜんぜん顧みなかったかといえば、殆《ほと》んど動物的ともいいたい程の愛情で、彼らをがんじがらめにし、自分の手元から離すのをいやがった。次郎が英国へ行く時などは、ひと悶着《もんちゃく》あったそうである。子供が学校から帰ってくるのが遅いと、はらはらおろおろし通しで、そういう顔を見せるのがいやで、猛獣のように家の内外をうろつき廻ったという。彼らが帰宅すると、自分が我慢した分だけ癇癪をおこして、雷が落ちたことはいうまでもない。

そういう親父《おやじ》を次郎は嫌っていたが、その実、どこからどこまで親父にそっくりだったのである。ただちょっと違うのは、私たちが文平の家族ほど従順でなかったこと、若い時から生活に苦労したこと、それに時代もそんなわがままが許せるような御時世ではなかったことが、次郎を暴君になることから救ったのだと思う。

つい長々と身内のことを書いてしまったが、次郎も文平に似て、一般世間からはみ出た存在であった。俗にいう変り者である。若い身空で家族を十人以上も養っているくせに、職業が一定せず、私が結婚した頃(昭和四年)は英字新聞の記者をしていたが、それから英国の商社、次に日本の貿易会社と、転々と仕事を変えた。それだけ腕があるといえばいえるのだが、どこでも喧嘩をして巧《うま》く行かなかったのではないかと思う。

そういういわば風来坊的人間に、目をつけたのが吉田茂氏である。どの新聞・雑誌にも、吉田さんが英国大使時代に、白洲と出会ったように書いてあるが、実はそれよりずっと以前からの付合いで、私の父が吉田さんと親しかったために、「吉田のおじさん」と呼びならわしていた。「吉田さんの側近」といわれたので、同年輩と思われていたらしいが、吉田さんは明治十一年、白洲は三十五年生れだから、年は二十四歳も違っており、正に「おじさん」と呼ぶにふさわしい間柄だったのである。

吉田さんも育ちは江戸っ子で、毒舌家で、向う気が強かったから、白洲とははじめからウマが合ったらしい。大使館の地下室で、ビリヤードをいっしょにしていると、「コノバカヤロー」、「コンチクショウ」、時にはもっとひどい罵詈《ばり》雑言《ぞうごん》が飛び出す。「喧嘩をしていらっしゃるのでは……」と、館員さんが心配して呼びに来るようなこともあった。

そういう仲だったから、白洲の長所も短所も知りつくしていられたに違いない。外務大臣になると、直ちに白洲を終戦聯絡《れんらく》の事務に当らせ、総理大臣になった後も、目黒の官邸で、側近というより親子のように、悪口をいいながら仲よく暮していた。

もちろん英語がうまいことも、条件の一つだったであろう。アメリカ人は、キングズイングリッシュ（直訳すれば王室系の英語ということだが、要するに正しくきれいな英語という意味である）に対して、コムプレックスをもっている。敗者の日本人が、勝者に向って、そういう言葉でまくしたてるのだから、どんなに癪《しゃく》にさわったことか。次郎は喧嘩好きだったから、喧嘩は上手であった。機微を心得ているというのだろうか、一発かませておいて、相手がギョッとしたスキにつけこむ。――私は見ていたわけではないけれども、見ていたように想像することができるのである。「ホイットニイ民政局長とはじめて顔を合せた際のエピソードはよく知られている」と、「週刊新潮」に書いてあったが、私はちっとも知らなかった。それはこういうことである。

局長が、「実に英語がお上手ですな」と白洲にいうと、「あなたの英語も、もう少し勉強なされば一流になれますよ」そう答えたというのである。ハッタリといえばハッタリだが、その時彼はまだ四十三、四歳で、一人で背負って立って、進駐軍に抵抗していた様が目に浮ぶ。日本人がアメリカ人にぺこぺこすることが、それに油をそそいだから、四面楚歌《しめんそか》であった。なかんずく日本の新聞が一番ひどく、吉田内閣の茶坊主《ぼうず》だの、幇間《ほうかん》だの、獅子《しし》身中の虫だのと、悪口を書かない日はなく、私どもは肩身のせまい思いをしたものだ。

「文士はいくら悪口を書かれても、こんなひどいことはいわれないなあ」と、小林秀雄さんや河上徹太郎さんは同情して下さったが、白洲は悪くいわれればいわれるほど奮起するたちの男であった。考えてみれば、お茶坊主や幇間ほど難しい商売はなく、短気で喧嘩好きな次郎などにつとまるわけがない。今は評判のよい吉田さんさえ、当時は民主主義の敵みたいにいわれたのだから、世間の風潮なんて水泡《みなわ》のようなものである。

一般の読者は、終戦時代のいきさつを知りたいのだろうが、残念ながら私は、政治むきのことは何一つ知らない。次郎も語ろうとはしなかった。公私を混同しないことは、私の父親でもそうだったが、非常にきびしくいわれており、たとえば役所や会社の自動車でも、白洲の用事でないかぎり、私が乗ることは許されなかった。まして終戦当時の国家の機密に関することなど、家へ帰って喋る筈《はず》はなかった。

おぼろげながら知っているのは、進駐軍から新憲法を押しつけられ、三日で訳せといわれて、外務省の方が二人と、白洲だけのたった三人で、三日二晩一睡もせずに飜《ほん》訳《やく》したことである。その時は、さすがに白洲も疲労困憊《こんぱい》して、しばらく茫然《ぼうぜん》となっていたが、かりにも一国の憲法が、そんな簡単なやり方で作られるとは意外だった。私は例の政治オンチだから、その後憲法がどのような運命を辿ったか知らないが、間もなく飜訳を共にした二人の外交官は亡《な》くなり、白洲だけが残った。「新憲法誕生の生証人」と書かれたのは、そのことを指すのであろう。

だが、そんなことは、別に彼の手柄でも何でもない。ただそういう場に居合せたにすぎないが、ほかの二人の「証人」も、吉田さんも亡くなった後は、信じて貰《もら》えなくなったのではあるまいか。終戦当時のさまざまの出来事も、まったく話そうとはしなかった。小林秀雄さんにすすめられて、一度は書く気になったものの、他人に迷惑を及ぼすからといって、それも思いとどまった。その後も度々、彼が死ぬ直前まで頼みに来た出版社がいたが、「他人に迷惑がかかる」の一点張りで、最後まで口を緘《かん》して語らなかった。

そして、極端な歴史不信におちいっていた。「僕は歴史を信じない。時の政府に都合のいいことばかり書いてある」これには全面的に賛成しかねたが、歴史についての考えかたが私とは違うのだし、それは彼の世界とは別の次元のことだから、議論をするのは止めにしておいた。が、晩年には少し変ったようである。歴史を信じないことは同じだが、「それでいいんだ。歴史は、その時々に生きている人間が、自分の都合のいいように解釈すればいいんだ」と。

そういう気質の白洲次郎を、中曽根《なかそね》さんは新聞紙上で、「ディシプリン（規律）の権化《ごんげ》のような人」と評して下さったが、ディシプリンというより、プリンシプル（原則）に忠実であったと私は言いたい。中曽根さんがそういう印象を得られたのは、たとえば軽井沢のゴルフ場で、理事長をしていた白洲が、護衛の警官たちをコースの中へ一歩も入れなかったためで、……勿論《もちろん》、そんなつまらないことだけではなかったと思うが、権力にタテをつくのが白洲の性分で、中曽根さんばかりでなく、歴代の総理大臣には随分迷惑をかけたに違いない。それはそれとして、人間が作った「規則」より、自分が信じた思想というか、基本的な原理に忠実であったことは確かである。

こんな話をしたことがある。――名前は忘れてしまったが、ある禅宗の寺に、門外不出の文書があった。それをどうしても見たいという熱心な学徒がいて、住職はその文書を出して来て下さったが、寺の規則だから、中身を見せることはできない、とかたく断った。

ややあって、その住職が、自分は用事があるから、ちょっと失礼する、どうぞごゆっくり、といって出て行った。いうまでもなく、自分のいない間に見ておけ、という謎《なぞ》だったのである。「それがほんとの禅というものだ」と、次郎はいった。別に禅を理解していたわけではないけれども、直感的に共感するものがあったに違いない。

その一事をもってしても、「ディシプリンの権化」とは言いがたい。説明するまでもなく、このお坊さまは、寺の掟《おきて》は守らなかったが、自分の信じた「原則」には忠実であったのだ。人を利する、済度《さいど》する、という仏教の原則に。まことにプリンシプル、プリンシプル、と毎日うるさいことであった。まるでプリンシプルがディシプリンに化けたみたいで、……中曽根さんが誤解されたのも無理はない。それというのも現代の日本人に、プリンシプルが欠けているのが我慢ならなかったのである。諸外国の不信を招いたのも、そのためだと彼は思っていたが、私にいわせれば、もともと日本人はプリンシプルなんか持合せてはいないので、それで万事円くおさまっていた。今のお坊さまだって、プリンシプルを考えた上で行動したわけではない、臨機応変にやってのけたのだが、信ずるところが強かったために、おのずからプリンシプルに合致しただけの話である。

東洋人と、西洋人は、そういう風に、逆の方向へ行く。逆の考えかたをする。その点、白洲は、まったくの西洋人であった。見たところも西洋人に似ていたが、外国の血は一つも入ってはいない。おそらくそれは言葉の問題から来ているので、いつも英語でものを考えていたのであろう。そこに次郎の不幸があった。一概に不幸とはいえないかも知れないが、不必要な摩擦をおこしたのはそのためである。

いつか知人に、息子さんを外国の中学へやりたいがどうだろう、と相談された時、半ば冗談まじりに、「僕のようになるから、大学を卒業してからの方がいい」と答えたことを思い出す。明治時代には、つまり私どもの父親の頃は、それでもよかったかも知れないが、日本が国際的な大国に成長した今日、外国の習慣を身につけただけでは充分とはいえない。幸か不幸か、彼は終戦時代に得意の英語で花を咲かせたものの、しょせん平和な世の中に通用する人間ではなかった。性格的にも乱世に生き甲斐《がい》を感じるような野人で、外交官にも、政治家にも、向いていたとはいえない。

そのような性格だから、世間はせまかった。が、人間は棺をおおうて何とやら、というように、彼の死を心から悼《いた》んで下さる方は多かった。中でも昭和シェル石油会長の永山時雄さん、鹿島建設の渥美《あつみ》健夫《たけお》さん、宮沢喜一さんなどはお年は下でも昔からの友人で、言葉ではいいつくせない程お世話になった。

ひと足先に故人になった小林秀雄さんと、今日出海さんも、次郎のような変り者をよく理解して下さった。今さんは国際的にも活躍されたからわかるとして、小林さんと心が通じ合えたのは不思議である。もちろん、次郎は文学には興味がなく、小林さんの著作なんか殆んど読んだことはない。まして、小林さんが文壇で、どのような位置を占めていたか、そんなことには無関心であった。そういうものを一切ヌキにした付合いであったのが、小林さんにとっては気楽だったのであろう。

「次郎さんは、あんなに単純で、大ざっぱなくせに、ひどく繊細な神経の持主だ。あれはどういうことなのかね」と、不思議がっておられた。次郎を知っている方たちはわかって下さると思うが、もともと彼は矛盾にみちた人間なのである。矛盾のない人間なんていないと思うが、彼の場合は極端だった。頑固かと思えば案外素直だし、ぶきっちょかと思うと器用なところがあり、にくたらしい反面、優しい心の持主であった。ことに孫には甘いおじいちゃんで、女子供には親切だったから、御婦人方の間では、やたらに評判がよくて持てた。

だが、「繊細な神経」と、小林さんがいったのは、そんなことではない。これはあまり愉快な例ではないけれども、小林さんが病気になった当初は、川崎の小さな病院に入っておられた。院長さんと気が合っていたからだという。

看護婦さんたちも、小林秀雄の何たるかを知らず、「おじいちゃん、おとなしくしなくちゃ駄目だよ」なんていわれて御機嫌だった。が、病気が長びいて、いつまでも快復できずにいると、そこは偉い先生のことだから、周囲が騒ぎ出した。私のところまで電話がかかって来て、「放っといていいんですか」と叱《しか》られる始末である。私でさえそうなのだから、小林家では騒ぎだったらしい、院長も外部から、悪者呼ばわりされるようになった。

しかりしこうして、病人は意に反して、東京の大病院へ移されることに決った。まわりの人々も、先生を思うあまりにしたことだから、一概に咎《とが》めだてすることはできない。が、冷静に考えてみれば、こんな残酷な話はないのである。次郎はいった。

「まるで人間扱いしないんだね。大事にするって、これじゃまるで神様じゃないか。神様だって、気に入った小さな祠《ほこら》から、勝手に立派な神殿に移されたんじゃたまらない。奴《やつ》らは立派ならいいと思ってるのだろうか」

先のプリンシプルともいくらか関係があると思うが、次郎は大ざっぱなくせに、外側の現象に惑わされず、ものの本質を見ぬく才能に恵まれていた。いや、単純で、大ざっぱだから、目先の物事にこだわらなかったのかも知れない。そのことを「繊細な神経」と、小林さん流に表現したのだと思う。

小林さんは、そういう風にして、失意のうちに死んで行った。川崎の病院にいても、しょせん助からなかったであろう。もしかすると、死を早めたかもわからない。だが、人間の幸福なんて、そんなもんじゃないと私は思うのである。

小林さん亡きあとの今さんは、生きる力を失ったのか、一年後にはあの世へ旅立った。突っぱり屋の次郎は、あまり面には表わさなかったが、ふとした夕暮などに、

「小林も今も死ななくてもよかったのになあ」と呟《つぶや》くことがあり、そういう時の彼は

ほんとうに淋《さび》しそうに見えた。

次郎にはもう一人、ケムブリッジ時代からの親友がいた。ロビンという名前で、ストラッフォード伯爵《はくしゃく》の称号をもっていたが、映画に出てくるような英国貴族を想像して頂きたくはない。彼は次郎とは正反対の、地味な人柄で、目立つことを極力さけていた。ほんとうの意味でのスノビズムを、次郎はこの人から学んだと思う。いや、すべての英国流の思想の源は、ロビンにあるといっても過言ではない。

今ここに書くことができないのは残念だが、身ごなしといい、教養といい、古きよき時代の英国紳士の典型といえよう。そのロビンが、去年の春亡くなった。以来、次郎はがっくり気落ちして、何事をするにも根気を失ったようである。

次郎の趣味は、自動車と、大工と、ゴルフであった。ロビンと暮した大学時代には、――その頃は金持だったから、ベントレーのほかに、ビュガッティというレーシング・カーを持ち、自動車競走にしじゅう参加していた。そういうカー・キチのことを、英国では「オイリー・ボーイ」と呼んだが、彼は死ぬまでオイリー・ボーイであった。

八十歳に達してからもポルシェを乗り廻し、とても市井《しせい》の「隠居」なんて高級なものにはなり切れなかった。鶴川にひっこんだのも、疎開《そかい》のためとはいえ、実は英国式の教養の致すところで、彼らはそういう種類の人間を「カントリー・ジェントルマン」と呼ぶ。よく「田舎紳士」と訳されているが、そうではなく、地方に住んでいて、中央の政治に目を光らせている。遠くから眺めているために、渦中《かちゅう》にある政治家には見えないことがよくわかる。そして、いざ鎌倉という時は、中央へ出て行って、彼らの姿勢を正す、——ロビンもそういう種類の貴族の一人で、隠然たる力をたくわえていた。

　私も多少はそういう人たちと付合ったが、毎朝新聞を見ながら必ず文句をいう。そういう文句のことをグラムブルといい、誰に聞かせるともなく、ユーモアを交えてブツブツいうのが面白かった。次郎の毒舌もそこから出ているが、悲しいかな日本語では、英語のグラムブリングのように軽妙には行かない。カントリー・ジェントルマンという興味深い存在も、政治が貧困なわが国では、直ちに通用する筈もない。せめて「水戸黄門」のテレビでも眺めて、うっぷんを晴らすより他なかった。

　止むなく大工仕事に熱中していたが、大工の技術は前述のミヨシさんに習ったので、上手であった。家を建てたり、直したりすることも好きだったが、先立つものがないので、父親のような贅沢《ぜいたく》はできなかった。せいぜい日曜大工程度で、ちょっとしたテーブルや戸棚などはすぐ作ってくれるので重宝した。素人《しろうと》で、腕があれば、どこまで

1980年、白洲次郎。自宅（現・「武相荘」）前で愛車と共に。

も凝りそうなものだのに、材料なんかそこらのベニヤ板で間に合せ、接着剤でくっつけて済ましてしまう。この点、次郎は徹底した現実主義者で、思い切りがよかったから、私が思うほど淋しくはなかったかも知れない。

ゴルフは、ハンディキャップ4まで行ったが、老人になって思うように行かなくなると、あっさり止めてしまった。止めたかわり、軽井沢のゴルフ場に全力をそそいだ。あんなにゴルフ・クラブを愛した人はいない。芝や植物の世話から、従業員の生活、会員のお行儀に至るまで、当事者にはさぞうるさいことであったと思う。

十一月はじめには、従業員の一人が定年で止めたので、その送別会に出席した。亡くなる一週間前にも、京都へ車でいっしょに行き、嵐山《あらしやま》の吉兆さんで御馳走《ごちそう》になり、上機嫌であった。

その時、神戸の花隈《はなくま》の話が出た。昔、花隈に「現長《げんちょう》」という鰻屋《うなぎ》さんがあり、そこのおかみさんに、次郎は子供のころ非常にかわいがられたという。「八十年経《た》って、今、ふっと思い出した。不思議だね」

だが、もっと驚いたのは、主人の徳岡さんである。

「いやぁ、そのおかみはん、吉兆の親父はんの実のお母はんどす。お家《か》はんいうて、九十いくつで亡くなるまで、ここ（嵐山）においやしたんどっせ。不思議な御縁どすなぁ」

大阪の吉兆とは戦前からの付合いだのに、そんな話は一度も出たためしはない。あの時、現長のおかみさんは、次郎を迎えに来て下さったのだ。私はそう思う。そういう空気が一座にただよっていた。病気をした時、何日も抱いて看病して貰ったとか、必ず「坊《ぼん》に」といって、おいしい鰻をとどけて下さったとか、とても綺麗《きれい》で、男まさりのおかみさんだったとか、涙ながらに次郎は語った。仏壇でお線香をあげた時は、位牌《いはい》を抱いたままいつまでも離さず、五、六歳の子供の頃に還《かえ》ったように見えた。よほど懐《なつか》しかったに違いない。人生における最期の瞬間に、そのような人物にめぐり合えたとは、何という幸福なことであろうか。

それが火曜日で、次の火曜日には東京の病院に入っていた。お腹《なか》がはるというので、レントゲンをとってみると、胃潰瘍《いかいよう》がひどく、心臓は肥大して脈拍は乱れ、その上腎臓《じんぞう》まで冒されていた。先生は、ここ一両日が山だといわれた。一病息災というけれども、あまりに身体《からだ》が頑健すぎたために、限度まで持ちこたえたのであろう。ベッドへ入る前に、看護婦さんが注射しようとして、「白洲さんは右利《き》きですか」と問うと、「右利きです。でも、夜は左……」と答えたが、看護婦さんには通じなかった。その言葉を最後に、気持よさそうに眠りに落ち、そのまま二日後に亡くなった。いかにも白洲次郎らしい単純明快な最期であった。

遺言により、葬式は行わず、遺族だけが集って酒盛をした。彼は葬式が嫌いで、知りもしない人たちが、お義理で来るのがいやだ、もし背いたら、化けて出るぞ、といつもいっていた。そういうことは書いておかないと、世間が承知しないというと、しぶしぶしたためたのが、「葬式無用　戒名不用」の二行だけである。

その遺言の「遺」の字がわからなくて、私が教えたことを覚えているが、彼の日本語はその程度であったのだ。にも拘《かか》わらず、字は上手で、――上手というより、極めて個性的な、面白い字を書いた。うまく書こうなんて慾《よく》がないからで、万事につけてその調子だった。

お別れに来て下さった方たちには、くだんの遺言を見せて納得して頂いた。中曽根さんは、「このほかに何か書き残したものはありませんか」と、再三再四訊《き》かれたが、先にもいったとおり、そんなものは一つもない。終戦時代のことで、何か重要な事柄でもあったのだろうか。とすれば申しわけないが、黙って死んで行った人間が、たまにはいてもいいような気がする。今頃は冥途《めいど》のどこかで、「ざまぁ見やがれ」と、またにくまれ口をたたいているのかも。

（「新潮45」一九八六年二月号）

〝韋《い》駄《だ》天《てん》お正〟の結婚

私の父は若い頃は気難しかったらしいが、病身の母に対しては優しく、ことに末っ子の私は甘やかし放題であった。外から見ればこれほど円満な家庭はなかったと思う。ああいう環境の中で育った「お嬢さん」は、さぞかしいいに違いないと思うのは世間の常識で、縁談の申し込みは降るほどあった。ところが、本人はといえばもっと遊びたいし、勉強もしたい。ふつういう意味でのエネルギィにあふれており、自分自身を持てあまし気味であった。何でもいいから何かしたい、その何かがわからないので内心いらいらしていた。そうかといって、お嫁に行く自信もない。せめて二十五歳まではは、結婚するのは無理だ、と自分にも言い聞かせ、人にもそう言いふらしていた。もちろん縁談なんか見向きもせず、両親を困らせていた。

そこへ忽然《こつぜん》と現れたのが白洲次郎である。「ひと目惚《ぼ》れ」というヤツで、二十五歳まで遊ぶことも、勉強も、目の前から吹っ飛んでしまった。が、何といっても、十八歳のひと目惚れなのだから、当てにならぬことおびただしい。特に美男というわけではないが、西洋人みたいな身ごなしと、一八〇センチの長身に、その頃はやったラッパズボンをはいてバッサバッサと歩き廻っていたのが気に入ったのかも知れない。忽《たちま》ち意気投合して、――といっても、その頃のことだから、せいぜい映画を見に行ったり、食事をいっしょにする程度で、無邪気なものであった。

次郎も私と同じように、恐慌《きょうこう》のために留学先の英国から、日本へ帰された若者の一人である。彼の場合は、もっと切羽つまった境遇にあり、父親が破産したため、家族を養って行かねばならない。家は兵庫県の伊丹にあったが、たぶん親父《おやじ》と喧嘩《けんか》でもしたのだろう、一人だけ東京に出て来て、ジャパン・アドヴァタイザーという英字新聞社につとめ、英文の記事を書いていた。

ちょうどその頃、昭和天皇の御大典があり（一九二八・昭和三年十一月）、日本の歴史や文化を外国人に紹介するため長期にわたって執筆していた。私も前からそういうことには興味をもっていたが、まだ知識はなかったので、教えて貰《もら》えるつもりでいた。やがてそれが大したことではなく、日本の書物から翻訳したものにすぎないことがわかったが、「ひと目惚れ」の前には何程のこともなかった。「恋は盲目」というけれども、とかく若い娘は好きな男を理想化して見るので、結婚してから、こんなつもりではなかったとがっかりするものである。私の場合も例外ではなかったが、惚れた弱味で何でも許すことができた。そういう時期が長かったように思う。

私が自分勝手にお婿《むこ》さんを見つけてしまったので、両親は心配した。父親同士は学生時代にドイツで面識はあったものの、相手は仕込杖《づえ》を持って歩いているような乱暴な親父だったのと、最近破産して一文なしになったのを気に病んでいた。

いったいどうして生活して行くのか、若夫婦だけならともかく、家族まで食べさせるのは大変なことなんだぞと、まったく反対するわけでもないが、なるべくなら止《よ》してほしいというのが父母の本音であった。

わがままな私がそんなことでへこたれるものではない。だいたい「生活」するなんてことをまったく知らないのだから、これほど強いものはない。いけないっていうんならこっちが出て行くサ。そうなるともはや気迫の問題で、弱腰の両親を説きふせるのに手間はかからなかった。

もちろん仲人《なこうど》はいないのだから、次郎が一人で、東京クラブにいた父に「お嬢さんを頂きます」と引導を渡しに行った。「頂きたい」のではなく、「頂きます」と決めていたのが滑稽《こっけい》である。父はしぶしぶ了承したと聞くが、親の心情なんか無視していたのが今となっては羞《はずか》しい。

若い頃の私は、実に生意気で、わがままで、野蕃《やばん》で、とても人前に出せるような代《しろ》物《もの》ではなかった。これは別に謙遜《けんそん》していっているわけではなく、シンからそう思っているのだが、……「今でもちっとも変っていないじゃないか」そういう声がまたしても聞えて来るような気がする。猿はすぐ「反省」するから世話はないが、三ツ子の魂は、簡単に入れ替えがきかないのが面倒である。もうこの年になっては天命に従って行くほかはあるまい。そう思ってあきらめることにしている。

結納などということもせず、小切手を郵便で取交しただけで済ました。たしか五十円だったと記憶している。

はじめて伊丹の家へ挨拶《あいさつ》に行った時も、二人きりで、タチさんが付いてきてくれた。その頃にはタチさんの夫も死に、私の結婚にあえて反対もせず、熱心になっていたのである。

次郎の父親は、白洲文平といい、一風変った人物であった。あとで私に語ってくれたことは、華族のお嬢さんというので、どんなにおとなしい人かと心配していたが、会ってみて安心した。これなら次郎とも巧《うま》く行くに違いない、と。要するに、似合いの夫婦ということだろう。行儀が悪くて、おてんばな私を大そうかわいがって下さり、次郎は父親が大嫌いだったが、私は大好きで、伊丹に滞在中は毎日大阪で御馳走《ごちそう》になった。

今のうちなら、まだお金が少しはあるからといって、ランチアというイタリーの車を結婚祝いに下さったのもその時である。どうせ次郎がえらんでおいたのだろうが、最後に財布の底をはたいてまで祝って貰えたのはありがたいことであった。そのかわり、エンゲージ・リングもウェディング・リングも何もなしで、以来私は宝石というものを持ったことがない。

ここでちょっと姉の結婚式にふれておくと、それは豪華なものであった。大正のはじめ、父が一番景気のよかった時代で、相手は郵船会社の社長、近藤廉平の次男であった。まだ母が元気な頃のことだから、至れりつくせりのお仕度をしたことを子供心にも覚えている。

披露の宴は、上野の精養軒で行われ、当時、歌舞伎の花形であった中村福助（今の歌右衛門《うたえもん》の父親）と、六代目梅幸の息子の栄三郎《えいざぶろう》によって、「二人道成寺《ににんどうじょうじ》」が舞われるという華やかなものであった。

それにひきかえ私の場合は、母も病気であり、お金もなくて、文字どおり着のみ着のままの結婚式で、父はそのことをひどく気にしていた。が、私は一度も姉を羨《うらやま》しいと感じたことはなく、むしろさっぱりして結構だと思っていた。持って行ったのは、母のお古《ふる》の箪笥《たんす》と家具の類《たぐい》だけで、白洲の方もそんなことをとやかくいう人達ではなかった。

次郎の父親は建築道楽で、金持であった頃は家に宮大工を住まわせ、家を一軒建てるとまた新しい家がほしくなるたちで、阪神間には「白洲屋敷」と称するものが何軒も残っていた。最後に建てたのが伊丹の家で、私などが住んだことがないような大邸宅であった。そこも抵当に入っていてやがてなくなることにきまっていたが、四万坪もある敷地には、美術館あり、牡丹《ぼたん》畑ありで、贅沢《ぜいたく》のかぎりをつくした人物であったらしい。

これからも時々登場して頂くことになると思うが、私の父のように地道な人間ではなくても、どこかに相通ずるものがあったに違いない。昭和四年の夏頃から、母が次第に衰弱して行くのは眼に見えていたから、私どもの結婚式は秋に行うことにきまった。伊丹と東京の中をとって、京都ホテルでささやかな宴を張ることになり、身近な人々を二十人しか招待しなかった。仲人は大久保利通の三男の利武《としたけ》氏夫妻で、挨拶その他極く形式的な短いものであった。ふつうならこまごまとした面倒な話が、またたくうちにきまってしまったのは、私どもの暮しや考えかたが、よほど似ていたからであろう。

真面目《まじめ》で几帳面《きちょうめん》な私の父が、ちっとばかりおかしな人間だったと思うのは、結婚式の朝（その時は京都ホテルに泊っていた）、次郎と私に、車で宇治へ昼食に行かないかと誘ったことである。父としては、せめて最後の食事を私としたいと思ったのかも知れないが、こちらはそんなことに気がつくわけがない。大乗気でドライヴに出かけ、平等院や日野薬師など廻ったあげく、宇治の料理屋に着いたのは十二時を少し廻っていた。

当時はよろずにつけて大げさであったから、たとえ昼食といえどもすぐ出て来るわけではない。二の膳《ぜん》、三の膳と食べている間に日が陰って来たようである。あら、大変、結婚式は五時からよと、あわてて席を立ったのは既に三時をすぎていただろうか。その頃は車は殆《ほと》んどいなかったかわりに道はせまく、伏見あたりでは牛車《ぎっしゃ》の行列と出会って当惑した。

ホテルに帰ったのは五時少し前だったと思う。タチさんは心配して、お客様は皆さん来ていらっしゃってますよ、とせき立てるので、大急ぎで洋服を着かえ、お化粧なんかする間もなく、式場へ駆けこんだ。とんでもない花嫁であったが、とんでもないのは今はじまったことではない。私の父親だって、お婿さんだって、似たようなものである。思い出す度におかしな結婚式で、だから曲りなりにも何とか巧くやって来られたのではないかと思っている。

（一九九四年新潮社刊『白洲正子自伝』より）

「風の男　白洲次郎」まえがき

白洲が死んで一年経《た》った時、お友達が命日に「白洲次郎をしのぶ会」を催して下さった。葬式も出さなかったくらいだから家族は御辞退したが、許しては下さらなかった。会は大盛況で、故人をしのぶというより、どちらかといえば肴《さかな》にして、皆さん楽しんで下さったらしい。自分でいうのもおかしいが、それも人徳と思えばありがたいことであった。大体がじめじめしたことは嫌いなたちだったから、本人も草葉の蔭《かげ》で、ぶつぶついいながら内心は感謝していたに違いない。

「あのパーティは面白かった。今年もやろう」と、その翌年も三回忌という名目のもとに集って下さったが、第一回におとらず盛会であった。遺族としては、墓の中から「いいかげんにしろ」と怒鳴られてるみたいで、申しわけなく思ったが、「面白いパーティ」といわれたのでは、お断りするすべもない。さすがにその後はかたく御辞退することに心をきめたが、そのかわり、というわけでもないが、どなたからともなく、語録を出してはどうか、というお勧めがあった。

白洲は伝記など出版して頂くことには反対だったと思うが、英国式というのであろうか、頑固な反面、不思議にユーモアのある人間で、ふとした時にとてつもなくおかしなことをいった。そのひと言で緊張した空気を和らげたこともしばしばある。そういうところは吉田（茂）さんのおじ様によく似ていた。

語録ならさし支《つか》えないと思ったが、さて、書いて頂くのはどなたがいいか、あまり偉い先生にお願いするのは恐縮だし、取材もたくさんしなくてはなるまい。それにはなるべく若い方で、筆も立ち、少しでも白洲を御存じの方がいい。というわけで、私の友達の青柳恵介《あおやぎけいすけ》さんを推薦することにした。

青柳さんは、成城大学の講師で、国文学が専門である。まるで畑違いの仕事だから、迷惑なことはわかっていたが、お願いすると快く引受けて下さった。

それからが大変だった。ひと口に語録といっても、日常生活の中で、ふと口をついて出た言葉はその場かぎりのもので、終始そばにいてノートでもとっておかないかぎり、覚えていられるものではない。たとえ覚えていても、その時の雰囲気とか背景をヌキにしては、面白くもおかしくもないものである。青柳さんを紹介するために、多くの方々に会ってみて、私はそのことを痛感した。

考えてみれば当り前のことだが、結局、語録だけでは成り立たないことを知り、青柳さんには非常な御苦労をかけることとなった。まったく関係のない政財界の事情とか、今はもう影の薄れた終戦直後のいきさつを、克明にしらべなくてはならない。彼は私たちの知らない方面にまで手を延ばし、数えきれないほどの参考書を読んだ。ほかに仕事を持っていたから、それだけに集中することは不可能であったろうし、たとえしらべても無駄になることは多かったと思う。

あげくのはてに、完成するまでにはあしかけ三年もかかってしまったが、それは青柳さんのせいではなく、半分は私の責任だと申しわけなく思っている。で、ごらんのとおりの本が出来上ったが、成功したかしないかは読者の判断にお任せする。文章はお手の物だから、何の抵抗もなく読めることは確かだが、結果として、語録はもちろんのこと、伝記とも小説とも随筆ともつかぬものになったのは、却《かえ》って風来坊的な性格の持主には似合っているのではなかろうか。

ありがとうございました。家族を代表して御協力下さった方々に厚くお礼を申しあげます。

平成二年　秋

（一九九〇年刊私家版『風の男　白洲次郎』所収）

いまなぜ「白洲次郎」なの

早いもので、夫・白洲次郎が逝《い》って今年の十一月で十三回忌を迎えます。それなのに今頃また、なんだか妙に次郎がモテているようで驚いています。

きっかけは、昨年の十一月に新潮社から出していただいた『風の男　白洲次郎』（青柳恵介著）かもしれません。そもそもこの本は、最初は内輪に配ったものなんです。次郎の死後、葬式も出さなかったんだからとお友達の皆さんが開いてくださった「しのぶ会」の二度目の席上で、ご親友だった昭和シェル石油の永山時雄さんや、鹿島建設の渥美健夫さん、トヨタの豊田章一郎さん、ソニーの盛田《もりた》昭夫《あきお》さん、セゾンの堤清二さん、宮沢喜一さんらの御意見で、「伝記を出そう」ということになって。三年がかりで青柳さんが書いてくださり、平成二年に私家版として出していただきました。

それがことのほか好評で、用意した千部があっと言う間になくなり、そのあとも「分けてほしい」という要望があとをたたない。それを新潮社が単行本として出版したいと申し出てくだすったので、いざ出してみたら、あれよあれよという間に版を重ねて。いまの若い人なんか、白洲次郎だの「吉田茂の懐刀《ふところがたな》」だのと言われても何のことかご存じないだろうと思ってますしね。それが「若い人にうけてるんですよ」なんて編集者の方たちから言われて逆にびっくりしました。

単行本につづいて昨年の暮れには車の雑誌「ランドローバー」が、今年の七月には「太陽」で、それぞれ大きな特集を組んでいただきました。その表紙に「二〇世紀の快男児」だの「こんなカッコいい男がいた！」だのと持ち上げてあって。まあ、カッコはいいでしょうよ、見た目はね。でも、家では、あんな弱虫いなかった。

白洲と初めて出会ったのは昭和三年で、私はアメリカのハートリッジスクールから帰国したばかりの、十八歳でした。父の友人宅のお茶に招かれて、二十六歳の次郎さんに会った。彼の方もケムブリッジ大学を卒業して、イギリスから帰国した直後でした。本当ならずっと英国に残って学者になるつもりだったらしいです。それがちょうど世界金融恐慌《きょうこう》の頃で、私の父（樺山愛輔）も理事をつとめていた十五銀行がダメになって、お父さま（白洲文平氏）の経営する綿貿易の「白洲商店」が倒産した。それで仕方なく帰国したらしくって。それまでさんざん贅沢《ぜいたく》やってましたけど、今度は自分が家族を養わなければならなくなったんです。まあ、私の方も、似たような事情で帰国したのだから、不思議なご縁でした。

そりゃあ、その時の次郎さんはかっこよかったですよ。はっきり言って一目惚《ぼ》れでした。こちらは十八の小娘でしょ、外見でまずコロッといってしまいましたね。なんと言っても次郎さんは、一八〇センチの長身で、スーツの似合う、それはもうほれぼれするいい男でしたから。

それから、デートを重ねたわけですが、当時はもっぱら活動を見にいくことが多かったです。ふたりとも「グレタ・ガルボ」が好きだった。デートといってもせいぜいキスするぐらいで、それ以上のことはなかったですわね。あの頃はいまみたいに「婚前交渉」なんて、とんでもなかったから。お行儀のいい紳士でございました。ラブレターはたくさん貰《もら》いましたね。それは全部英語で書かれているもので、私も英語で返事を書きました。

昭和四年の春の終わりに、京都ホテルの屋上のビヤ・ガーデンで、プロポーズされました。「結婚してくれ」という平凡なセリフでしたが、私の方はとにかくびっくりしちゃいまして。なにせまだ十九になったばかりでしょう。そんなこと男のひとから言われたことなどないじゃないですか。目をまんまるにしたまま「はい」なんて答えて。まあ勢いですわね。

次郎さんはその時分、もちろんお金はなかったですよ。でも私には不安はなかった。なにせ「伯爵《はくしゃく》家のお嬢ちゃま」でしたから、「生活の不安」だなんて辞書にはありませんでしたもの。いま思えばそれがかえって強かったのかもしれませんが。とはいえ、まだ白洲家のご両親は伊丹の四万坪もある敷地に住んでらっしゃったし、結婚のお祝いにと、その当時日本にはまだ二台しかなかったランチア・ラムダの新車をプレゼントしてくれたぐらいだから、貧乏だったなんていうと怒られるかもしれない。

私の父・樺山愛輔と白洲文平氏は同じ頃ドイツのボンで留学生活を送っていたので顔見知りではあったのですが、家が破産したということと、当時の文平氏が乱暴者で知られていたらしく、初めはこの結婚に対してあまり賛成ではなかったです。それは花嫁の父としての当たり前の感情で、すぐに次郎さんのことは大のお気に入りになりましたけど。最後まで心配していたのは、あちらのお母様とうまくやれるかということだったようです。あちらは関西だし、そういうイメージがあったからでしょう。でも、それも杞憂《きゆう》でした。白洲の母というのはおっとりとしたタイプですし、同居ではなかったということもあって、世間でいう嫁姑《よめしゅうとめ》問題など、まったく無縁の結婚生活でした。

結婚式はごく近しい親族二十人くらいだけで、京都ホテルで開きました。ホテルという選択は次郎の発想で、神社や特定の宗教が絡《から》む場所は嫌だったのでしょう。仲人《なこうど》は私の父の友人である大久保利通の三男の利武氏夫妻にお願いしました。式の当日、父が誘うので、宇治のお茶屋さんに昼食をとりに三人で車に乗って出掛けたら、呑気《のんき》に構えすぎて、夕方五時の式に新郎新婦と花嫁の父が揃《そろ》ってあたふたと駆け込んだという始末でした。

そんな中で新婚生活がスタートしたのですが、まず最初から幻滅しましたね。だって、結婚前に次郎さんは「ジャパン・アドヴァタイザー」という英字新聞で、日本の歴史や文化を外国人に紹介する記事を担当していたんです。それを読んでいた私は、彼がお能や歌舞伎を含めた日本文化全般にものすごく造詣《ぞうけい》の深いひとだとすっかり思い込んじゃっていて。私は子供の時分から、お能を舞ったりして日本文化の中に浸って育ってはいたけれど、それは身体《からだ》がわかっているもので、知識と呼べるものではなかった。だから、なんてすごい人なんだ、一緒になったらじっくり教えてもらおうって楽しみにしていたんです。それがすぐに、勘違いだってわかってもうガッカリ。全部百科辞典から翻訳しただけの記事だったというの。次郎さんのなかには日本文化の

「に」の字もなかったわけです。英国文化の方はすごくちゃんとご存じでしたけどね。早トチリに気づいたときはもうあとの祭り。でも、まあいいか、とにかく見たとこカッコいいんだからがまんしよう、ということで自分を納得させて。おかげで私たち、新婚生活も恋人気分が長くつづいていました。

そのうち、ある意味ではその後の次郎さんと私の関係を決定づけたかもしれないある「事件」が発生したのです。

私の祖父・樺山資紀《すけのり》というのは、薩摩示現《じげん》流の使い手で、海軍大将を務めた人間です。彼は薩英戦争を皮切りに、鳥羽・伏見の戦、戊辰《ぼしん》の役、最後は日清戦争という従軍歴がある。次郎さんは夕食の席で明治の話をしているとき、その祖父のことを「薩長の奴《やつ》らは東京で散々乱暴を働いた。おまえさんのお祖父《じい》さんだって同じだろう」と言いはなった。でも、とんでもない話なんですよ。祖父はむしろそういう乱暴者を取り締まるのに非常に苦労した側の人間なんです。カッとしてそう言い返そうとした瞬間、言葉より先に、その横っ面《つら》を思いっきりひっぱたいてしまった。まさに次郎さんは鳩《はと》が豆鉄砲を食らったような表情をしていて。ショックを受けていたようです。それで黙り込んで終わり。夫婦喧嘩《げんか》と呼べるものはあとにも先にもこれっきりです。よっぽどこの「バチン」がこたえたんでしょう、すっかりおとなしい夫になりましたね。

亭主関白は専《もっぱ》ら外で発揮してたようです。まさに「一発で決めてやったり」。返す太刀すらないというのが、まさしく「薩摩示現流」なんです。

しばらくして、次郎は英字新聞社を辞めて、「セール・フレーザー商会」という商社の取締役になりました。そういうところはうまいのよ。ハッタリが強い。おかげで、いわゆるサラリーマン生活なんて経験することは一生なかったですね。

その当時、大卒のサラリーマンの初任給が七十円ほどだったのに比べて、次郎の給料は五百円という破格のものでした。生活費は十分渡されていましたが、残りは全部一円も残さずに使っていましたね。身につけるものはすべて一流品ばかり。腕時計はロレックス・オイスター、ライターはダンヒル、懐中時計はベンソン、英国製のオーデコロンに英国製のスーツ。完璧《かんぺき》なブリティッシュ・スタイルを貫いて。それらはすべて次郎が自分自身で選んで、買っていたんです。「女に男のモノがわかるわけがない」というのが口癖で、ネクタイ一本、私に任せることはありませんでした。

あとは料理とお酒と車にお金を使っていたんじゃないでしょうか。車は生涯で一体何台乗り換えたのかしらね。なにせ中学生の時から外車を乗り回していたんだからもう数えられない。本当に無類の車好きでした。お酒は当然スコッチ・ウイスキー、しかも上等の。美味《おい》しいものには目がなくて、口に合わないとお箸《はし》をつけない。ただし家庭料理には文句をつけたことはありませんが。

結婚して二年目の昭和六年に、長男の春正が生まれました。お産自体は軽く済んだのだけれど、そのあと産褥熱《さんじょくねつ》に冒されてしまい、生死の境を彷徨《さまよ》ってしまった。私はこのあともドイツでまたしても大病をして死にかけるのですが、こういう時の次郎さんは、もう実にだらしない。だいたいお産のときだってそばにいてくれず、病院にもいなくて、飲みにでちゃったりして。痛い、とか聞くのが怖いんですね。自分は勿論《もちろん》だけど、人が痛がっているのさえ駄目なんですよ。だから私が大病したときももちろん「マサが大変だ」と逃げ回って、手ぐらい握っててくれればいいものを、側《そば》になんかいてくれなかった。夜中にちょっと具合が悪くなって「ジロちゃん、お腹《なか》が痛いんだけど」なんて言おうものなら、「またか」という感じで青くなって。だらしないったらありゃしない。私はこんなだから平気だったけど、ふつうの奥さんなら耐えられなかったでしょうね。

それからプレゼントなんか、一度ももらったことはないですよ。誕生日はおろか結婚記念日もクリスマスも、なんにも。外国に行ったときくらい、さすがに何か持ってきてくれるんじゃないかと密《ひそ》かに期待してたけど、やっぱりなかった。私もねだらなかったですしね。次郎さんから貰ったのは唯一《ゆいいつ》、結婚指輪だけ。これは大変洒落《しゃれ》たもので、内側にラテン語で、結婚した日付が彫ってあります。子供に対してはひたすらいい父親でしたね、優しくて。どうしても叱《しか》らなければならないことがあるときは私に、こう言ってくれ、と押しつける。自分は憎まれ役はやらなかった。嫌われたくなかったんでしょう。ずるいわよね。

吉田（茂）のおじさまと次郎が知り合ったのも、新婚の頃です。私は父の関係で、小さい頃から可愛《かわい》がってもらっていましたし、次女の和子ちゃんもうちによく遊びに来ていましたから。吉田のおじさまは、親子ほど歳《とし》の離れた、はっきりものを言う次郎のことを、最初から大変気に入っていらっしゃいましたね。

そうして、次郎さんが三十代の半ば、昭和十二年に、三つ目の会社勤めを始めて。「日本食糧工業」というところの取締役でした。この頃は、ほとんど一年の半分は外国に行ってましたね。私も子供を預けて、一緒についていったり。ちょうど吉田のおじさまが英国大使をしている時だったので、次郎さんはイギリスにいるときは大使館に泊まっていたようです。

昭和十五年になると、次郎さんは突然会社を辞めて、「これから戦争になる。戦争になれば食料がなくなるから、田舎に引っ越して農業をやろう」と言いだして。ふたりであちこち見に行きました。それで、いまの鶴川の土地を見つけて引っ越したんです。古い農家があって、それがすごく気に入りました。そういう趣味はとっても合ったんです。

でも、食料がなくなるから田舎に行こうというのは本当だろうけど、実は空襲が怖かったからというのが本音なんですよ。本当に弱虫でしたから。彼はアメリカやイギリスと戦争して勝てないことなんかもちろん最初っからわかっていた。だから、開戦のニュースが入った日に「必ず日本が負けるから」と言って「負けるとますます食料がなくなる」と農作業に励んでいましたよ。何事もせっかちだから、始まるころには終わったあとのことを考えている、万事につけそうでした。

終戦後、吉田のおじさまに頼まれて「終戦聯絡《れんらく》事務局」の参与になって。おじさまも彼をうまいとこに使ったものですよね。そのあと憲法誕生に立ち会うわけだけれど、その話は、一切家ではしませんでした。当時のことは、うちには日記やメモにすら残していないですしね。一週間東京で働いて、週末だけ鶴川の家族のもとに帰ってきました。猛烈に忙しく悩みも尽きなかっただろうけれど、泣き言や愚痴は聞いたことがありませんでした。もちろん涙を見せることもなかったです。便所の中でひとり泣いていたんでしょうけれど。本当にカッコつけつづけて生きていたようなもんですよ。

まあ、それを貫いたんだから、ご苦労さまだけど。マッカーサーについても特に何か聞いた記憶がありません。でも、それがある意味では答えなのよね。つまり、次郎さんは人を褒めるときはとことん褒めるひとだから。あまり多くを語らなかったというのは、マッカーサーという人が大した人物だと思っていなかったからだと思いますね。

マッカーサー絡みでは、有名なエピソードになりましたけど、こんな話が残ってます。クリスマスに天皇陛下からマッカーサー宛《あて》のプレゼントを届ける使者となった。行ってみるとすでにテーブルの上は贈り物で一杯になっており、マッカーサーはなにげなく、適当にその辺にでも置いてくれと言った。次郎が、天皇の贈り物を床に置いたりはできないから持って帰る、と激怒したところ、相手が慌《あわ》てて新しいテーブルを用意したので、その上に載せて帰ったというものです。いかにも次郎さんらしい話だと思います。

次郎さんは人を第一印象で決めちゃうみたいなところがあって、一度気に入るとトコトン付き合っていました。だからご友人にはかなり恵まれていました。

小林（秀雄）さんや、青山（二郎）さんともそうでした。終戦直後の頃知り合ったんですけど、すぐにお互い気に入った、という感じで。酒を飲みながらの話は、もっぱら政治の話でしたね。もちろん次郎さんは、文学なんかまったく読まないし、小林秀雄が文壇でいかなる人物かなんてこともわかっていませんでした。小林さんの著作も一冊も読まなかったくらいですから。そのついでで言えば、私の作品だって全然読まなかったですよ。正確に言えば、年取ってから、私の書いた『西行』を読みかけたらしいんだけど「わからん！」と言って投げ出してたもの。しょうがない人です。

私の方は四十歳も半ばになって、急に時間が出来たんです。子育ても終わっていましたし、何より以前のように次郎さんが付き合ってくれなくなりましたから。次郎さんはその頃猛烈に忙しかったし、私はもう若くてきれいな奥さんでもありませんから、連れ歩いたりもしなくなって。だから暇にまかせては、毎日のように小林さんや青山さんにくっついて飲み歩いていました。まあ、お勉強でもないけれど、そういうことをしていた時期でもあります。ある意味では、そのお陰でいまの私が——まあ大したもんじゃありませんが、いるわけですし。私をほうっておいてくれたことを、皮肉ではなく、感謝していますわね。

でもひどいのは、私が最初に仲良くなったのに、次郎さんと小林さんが酒を飲みに出掛けるとき、ついていこうとすると邪魔扱いされたことです。

酒を飲むといっても、次郎さんの飲み方は変わっていましたね。せっかちで皆とペースが合わないんです。例えば、酒をチビリチビリやりながら、肴《さかな》をつまむという風に楽しむのが普通でしょ。それが、次郎さんの場合は最初にどどっとコップに二、三杯、立て続けにウイスキーを注いで、まるで水でも飲むように飲み干してしまう。つまみも一気に食べちゃう。はい、それでおしまい。お酒をゆっくり楽しむ、なんてことはしない。飲んだら酔っぱらって子供と一緒の時間におねんねしちゃう。それで朝はすごく早く起きるんです。

だから私が延々飲んだくれて、朝六時頃に家に帰ってくると、よく庭で野良《のら》仕事をしている次郎さんに出くわしました。「あら、おはよう」なんてもんで、もちろん文句を言われたことなんか一度もありませんね。

毒舌家の青山さんは、次郎さんのことを評して「あいつは節なしの竹だ」とか「メトロのライオンだ」と評して。後者の意味は「メトロ映画」のフィルムの最初に「ウオー」と吠《ほ》えるだけでそのままひっこんじゃうライオンがいるでしょ、それが白洲次郎だ、というわけです。さすがにうまいこと言うわいなと思いましたね。

でも、短気だ短気だとよく言われていたけれど、家で怒鳴ったことなんか一度もなかったですよ。外ではしょっちゅうだったみたいだけれど。ただ、筋の通った怒り方しかしなかったと聞いています。理不尽なことでは怒ったりしない。

そういえばこんな話もあります。ある時、次郎さんがゴルフ場にいると、田中角栄がプレー中だった。角栄さんは、腰に手拭《てぬぐ》いをぶら下げてゴルフをしていたもんだから、回りにいた人たちは、肘《ひじ》でつっつきあいながら「ほら、角栄はいまに白洲次郎に怒鳴られるゾ」とヒソヒソ楽しみに見守っていたらしいの。何しろ、次郎さんのゴルフのマナーにうるさいことは有名でしたからね。ある首相が護衛を連れてコースに出るというのを許さず「護衛をつけてしなければならないくらいなら、首相在任中はゴルフをするな」と言ってのけたとか、いろんな逸話が残ってますから。でも、結局、その時は怒らなかった。だってみっともなくたって、その手拭いは汗を拭《ふ》いたりするのに必要なものだったから下げていたわけでしょう。そういうところはちゃんと筋が通っていました。

角栄さんのことは、「あいつはすごい」と言って大変認めていたけれど「あまりにも貧しい出だったことが、残念だ」と言ってましたね。つまり、あんなにお金が好きになっちゃったのは彼の家が貧しすぎたからだ、ということですね。それがなければもっとすばらしい政治家になれたのに、と心から残念がっていました。

政治家で、次郎さんが特別に可愛がっていたのは宮沢喜一さん。昭和二十五年に池田勇人《はやと》さんが大蔵大臣やってたときの秘書官だった宮沢さんと知り合ったらしいです。大変なお気に入りでした。宮沢さんは利口だったし、番頭さんみたいに尽くしてくださいましたしね。可愛いところがなきにしもあらずという感じですけど。でも、いまとなっては、悪いけどちょっとひとを見る目がなかったといえるのかもしれない。そういう意味では、結果的に私の方がずっと見る目があったな、と思うことがよくありますね。

次郎さんがあんまりいつも政治家連中にケチばかりつけてたもんだから、「そんなに文句ばかり言うなら自分で出馬したら」と勧められたことがありましたが、「俺、しゃべれないんだ……」と言って断っていました。つまり、日本語で演説できない。しゃべろうとするとどもっちゃうんですよ。やっぱり土台が英語なんでしょう。次郎さんは怒るときはすぐ英語になりましたから。英語というのはフランス語みたいにベラベラと流暢《りゅうちょう》にしゃべるのは駄目なの。訥々《とつとつ》としゃべるのが本来の英語なんです。だから次郎にはあってたんですね。まあ、政治家なんて口のうまいひとがなればいいんだから、他にいくらでもいますからね。

昭和三十四年に東北電力の会長をやめてからもいろんな会社の役員や顧問をやって

いました。大沢商会だとか大洋漁業だとか、よく覚えきらないです。晩年の次郎さんが特に力を注いだのは「軽井沢ゴルフ倶楽部《クラブ》」の運営でした。ゴルフは若い頃、最高でハンデ4までいったんです。でも、やっぱり年齢のせいもあって、スコアが少しずつ落ちちゃって。ハンデが10を越えたところで、ゴルフのプレー自体はピタリとやめました。六十歳を過ぎた頃でしょうか。そのあとは専ら観《み》るほうで。かっこつけですから、そんなスコアでプレーするのは美意識が許さなかったんでしょう。

お金もあったし、ハンサムで紳士なんだから、もてないわけはなかったんだけど、浮気は一度もありませんでしたね。実際は知りませんですよ。でも、バレて大騒ぎなんてことはなかった。もし、そんなことがあったら、それこそ「バチン」どころじゃありませんからね。

車好きは終生変わることがなく、八十歳までポルシェを転がしていましたね。外車だけじゃなくて、国産車にも乗ることもありました。特にソアラの開発のときは、豊田章一郎さんから頼まれてずいぶんあれこれと細かい意見を出していました。

八十三歳でこの世を去る直前まで、看護婦さんをからかったりして。注射をされる時に「白洲さんは、右利《き》きですか？」と聞かれたのに対して、「右利きです。でも夜は左……」と答えたり。看護婦さんには意味が通じていませんでしたけど、本人は満足そうに眠ってしまいました。結局それが最後の言葉となりました。遺言状は「葬式無用 戒名不用」の二行だけ。その通りにしました。

次郎さんが死んですぐに、どこからともなくうちに孔雀《くじゃく》が飛んできたんです。孔雀なんて、珍しいでしょう。いつの間にか庭に住みついてブワーっと羽を広げて威張って歩いたりしていた。けれど、丁度百日目にどこかへ飛んでいきました。それっきりです。あれは次郎さんだったのかもしれないと思っています。

最近は政治家でも何でも、すぐに「命を賭《か》けて」なんて安っぽいことといったり、窮地に陥ると平気で涙をみせるじゃないですか。美意識が高く、苦労は人に見せず、常にかっこつけ続ける、ということなんかいまやないでしょう。だからこそ、次郎さんのような人間がまた興味を持たれているのかもしれませんね。まさに孔雀のような男でしたから。

つくづく思うのは、やっぱり白洲次郎という男と結婚してよかった。いいパートナーでしたよ、私にはね。他の女性だったらとても耐えられなかったでしょう。それは彼にとっても同じだと思います。私みたいなじゃじゃ馬は他の男のひとでは到底駄目だったでしょうから。

いま考えてみると、なんとなく私の方がジロちゃんを馬鹿《ばか》にしてたみたいなところがよかったのかもしれませんね。とにかく可愛いひとなんです、弱虫毛虫でね。生まれ変わってもう一回一緒になるかと言われたら——やっぱりちょっと考えちゃいますけどね。

（「新潮45」一九九八年九月号）

次郎との付き合い

次郎さんは、せっかちでね、本当に「風の男」っていうイメージでした。一生変わらなかった。頭は良かったかもしれないけれど、本質は割に単純な男なのよ。

小林秀雄さんは、「あいつは天才だ、俺たちは秀才だけど」って（笑）。だからうまくいったのよ、ご親友で。見てるとね、似てるの。非常によく話が合ってね、時々、「そうなんだよ」って二人で喜んでいた。御飯食べにいくって言うから私がついていこうとすると、次郎は怒るのよ、邪魔だって（笑）。

小林さんはね、次郎と飲むの嫌いなんだよって言うんです。次郎は相手のこと考えずに早く飲んで、食べてね、せっかちだから、こうやって（指でテーブルを何回も叩《たた》く）待ってるの、隣で。バーだって何軒も梯子《はしご》でしょ。一つの所でゆっくり飲ませてくれない。小林さんは、人間がわかるまでどこまでも付き合うってほうだったから、骨董《こっとう》と付き合うみたいにね、ゆっくりしたいのよ。

次郎は、日本語よりも英語のほうがうまいくらいだから、小林さんから英語のことはよく質問されて、答えてましたね。「隠居」って英語では「カントリー・ジェントルマン」って言うんだとか……。地方に住んでいるが、中央の政治に目を光らせ、いざ鎌倉という時は、中央へ出ていき、彼らの姿勢を正すのがカントリー・ジェントルマン。

東京に大空襲があった時、次郎は、五反田《ごたんだ》の河上徹太郎さんが心配になって、訪ねていきました。小田急線も途中までしか行かなくて、世田谷通りを歩いていった。焼跡で河上さん夫妻が腰抜かしたみたいにボーッとしていたので、「うちへ来い」って鶴川の家へ連れてきた。河上さんも変わっていてね、お散歩しても、何にも景色見ないで、文学のことを考えているような人だった。河上家にはグランドピアノが二台あって、焼けなかったんだな、鶴川に運んできて時々弾いてました。

次郎はね、音楽とは全然かけ離れていた。私と小林さんがモーツァルトのことを話していると、ひとり取り残されるのが嫌なのよ、「チャイコフスキーのピアノコンチエルトはいい」なんて口出すんだけど、全然うそなんだ。小林さんにも、私にも、それがピンとわかる。話に入りたいのね。

二人とも、子どもみたいなところがあったわね。まだ沸いていない冷たいお風呂《ふろ》にいきなり飛び込んだり……小林さんもせっかちなのよ。壺中居《こちゅうきょ》が新しく店を開いた時に、人を差し置いて二人で行っちゃってさ。青山二郎さんが店で待っていて、正子が来ない、どうしたんだって聞いたら、小林さん「あっ、忘れてきちゃった」って（笑）。

次郎は、骨董の世界には深入りしなかったですよ。趣味が悪い人じゃなかったけど、私に出し抜かれたの（笑）。買うほうまでは、手が回らなかった。父親（白洲文平）は大金持ちだったのよ、昔は。骨董が好きで、芦屋の家の牡丹《ぼたん》園に、骨董の家《うち》があった。中国の清朝の骨董が飾ってあってね、それがつまんないの。誰も一瞥《いちべつ》も与えないようなものばかり。世間に対する反抗だったのかしら……。ちょっと皮肉な感じね。そんな文平さんが、大阪の山中商会に連れてってくれて、その時に見た翡翠《ひすい》の指輪だけは、今でも忘れられない。明朝《みんちょう》のもの。一点の曇りもない翡翠を刳《く》り貫いたもので、その時分で十万円でした。お嫁に行きたてで、あれだけは欲しいと思ったな。

文平さんは、私を可愛《かわい》がってくれましたよ。よかった、よかった、お前さんをもらってよかったって。樺山伯爵《はくしゃく》家のお嬢さんだから、さぞかし、おとなしくて困るだろうと思っていたらしい。御転婆《おてんば》が欲しかったのね、次郎さんを蹴《け》とばすような。次郎が英国へ留学したのは、宝塚のお嬢さんに手を出して、それで飛ばされたのよ、きっと。英国時代にね、ロビンや友だちが、この娘さんと結婚するだろうって思った恋人がいたんだけれど、私と出会ってからね、これ、もういらないって写真を破いて捨てちゃったんですって。そういう人なのよ。

一目惚《ぼ》れ。向こうもそうだったらしい。東京倶楽部《クラブ》にいた私の父（樺山愛輔）に会いに来て、「お嬢さんを頂きます」って言った。「頂きたい」ではなくて。十八で会って、十九で結婚。若い女の子に、男を見透かすことはできないわね。その頃、次郎は英字新聞の「ジャパン・アドヴァタイザー」にいて、お能とか歌舞伎とか、日本文化の紹介記事を書いていた。私の知ったか振りと似たようなもので、話が合うと思ったのね、こっちも。結婚してみたら、全部事典なんかの受け売り。みんな結婚すると、こんなつもりじゃなかったと思うでしょうけれど。

いちばん初めに言われたことは、晩御飯を食べる時に、「ネクタイ締めないで御免なさい」（笑）。私はケンカ好きなのよ。それが一度もしてくれない。英国紳士としては、女とケンカするなんて最低と考えていたんじゃないのかな。こっちからけしかけても、話を逸《そ》らすとか、何か無視するような。つまんないったらありゃしない。夫婦ゲンカするから夫婦って成り立っていると思うのよ。

私の父も、外国生活が長くて、鳥居坂の国際文化会館をつくったり、国際通信社

（後の共同通信社）を設立したり、国際交流に尽力した人で、昔の人だから、婿《むこ》には丁寧にするものだって考えが染《し》みついていて、次郎とはうまくいってましたね。

ドイツにいた時、私は大手術をした。次郎さん、逃げ出しちゃうのよ、怖くて。朝までお酒飲んで、弱虫なんだ。お産の時だって、ついていてくれりゃあいいのに、そんなことするものかってね。戦前は、二人でよく欧米へ行ってたわね、だから五・一五も二・二六の時も日本にいなかった。次郎も私も、日本は戦争したら負けるとわかっていた。アメリカの力をよく知っていたのでね。

この家（鶴川）は大急ぎで買ったんです、まだ疎開《そかい》が始まる前に。隣組がよかった。みんな手づくりのお菓子とお茶をもって集まるのよ。そして世間話。私は、買出しが楽しみでね。着物が欲しいっていうから、差し出すと、たくさんくれるのよ。次郎も畑仕事をして、供出までしたんです。地元のお百姓さんと、家族で付き合ってね、その頃子どもだった人が大人になってからも、私たちと道で会うと、「パパ、ママ」って声を掛けてきた。

次郎は、毎日、ＧＨＱとケンカ。マッカーサーなんて何とも思ってないですよ。公私混同しない人だったから、仕事のことは一切しゃべらなかったけれど。ケンカするのが嬉《うれ》しくって、毎朝、鎧《よろい》かぶとに身を固めた武士のように勢いよく出ていく。ホイットニーに、「あなたももう少し勉強すれば立派な英語になりますよ」と言ったりね。子どもの時からケンカが上手で、やり方を知っていたんだ。ただ、奥さんには随分、我慢したでしょうね（笑）。

ソファに寝っころがってね、俺が死んだら葬式はいらんぞって言うから、そんなの口で言っても駄目、周りが信用しないから「遺言」に書いといてよって。そしたら、「遺の字ってどう書くんだ」（笑）。でも、うまいわね、字が。子どもみたいな気で書くんでしょうね。

心月院（兵庫県三田市）のお墓は、次郎の分と私の分と二つ並んでいる。五輪の塔に見立てて私がデザインした。そしたら石屋さん、気を利《き》かせてね、私のほうを少し小さ目にしてくれたわ。

（一九九九年平凡社刊『白洲次郎』所収）

孔雀《くじゃく》

白洲次郎が亡《な》くなってすぐに、どこからともなく孔雀が飛んで来て、しばらく家に住みついたことがある。「鳥が迷いこんで来るのは、とても運がいいのですよ」という人もいたが、主人が死んだのではけっして運がいいとはいえないであろう。だが、わずか二日間入院しただけで、何の苦しみもなく大往生を遂げたのだから、やはり運はよかったのかも知れない。ものは考えようとは、まことに都合のいい言葉である。

私どもは小田急沿線の山の中に住んでいるので、孔雀にとっては居心地がよかったらしい。毎日胸をはって、堂々と庭の中を闊歩《かっぽ》していた。その絢爛《けんらん》豪華な風貌《ふうぼう》姿勢は、いくらか場違いな感じがしないでもなかったが、せっかく縁あって家へ来たものである。すげなく扱う気にもなれないので、私は毎日餌《えさ》をやっていた。何しろ図体《ずうたい》が大きいのでやたらに食べる。私が起きる頃（七時半―八時）には、食堂の前で待っており、ひと月も経《た》たないうちに馴《な》れて、私の手からパンや果物を食べるようになった。

近くで見る孔雀は実に美しく、頭上には王女のように華奢《きゃしゃ》な冠をいただき、胸から裾《すそ》へかけては正に孔雀色をした衣をまとい、宝石のように光り輝いている。時には目と鼻の先で、身体《からだ》をぶるぶる震わせながら、衣をいっぱいに開いて見せることもあった。

その美しさとはうらはらに、孔雀の眼は恐《こわ》かった。まなじりことごとく裂く、という形容があるが、切れ長の、大きな眼をしていて、普通の鳥のようにきょろきょろ見廻したりしない。獲物（といっても、たかがパンなのだが）をしっかり見据えて、鋭い嘴《くちばし》でぱくりとやる。こんなものに喰いつかれたらたまらんだろうと私は思った。だいたい私はペットというものが嫌いで、犬でも猫でもやたらに可愛《かわい》がったりはしない。自分と対等に付き合ってほしいからだ。その点孔雀は理想的な友達で、いくら馴れても甘えることはなかった。犬や猫が私のそばにいても、まったく無視していたし、餌をせびることもない、やらなければやらないで、知らん顔で澄ましている。その矜持《きょうじ》の高さは見事というほかはない。仏教の世界で「孔雀明王」として崇《あが》められたのも当然のことのように思われるのであった。

やがて春が近づくと、孔雀はかん高い声で啼《な》くようになった。雌を求めていたことは確かで、そのうち探してやらなくてはと思っていたが、そんなある日、来た時と同じように、忽然《こつぜん》と姿を消してしまった。警察へとどけたり、御近所を尋ねまわったりしたが、杳《よう》として行方はわからない。わからないまま今日に至っている。
白洲が死んで今年で丸三年になるが、この頃しきりに孔雀のことを思い出す。私は運命論者でも神秘主義者でもないが、死んだ直後に来て、百ヵ日の頃——それもちょうど春の彼岸の時節に去って行ったのは、たとえそれが生理的な欲求にすぎなくても、故人が成仏《じょうぶつ》したことを暗示しているのではあるまいか。孔雀の思い出が風化するにつれ、ますますその感を深めて行く。どうやら私の体内には、古代の鳥葬とか、鳥が死者の魂を司《つかさど》るといったような、遠い祖先の記憶が生きているような気がしてならない。

（「かんぽ資金」一九八八年九月号）

息をひきとる

私は今までに祖父母と、父母と、夫と兄の死に立ち会った。そのうち母だけは身体《からだ》が弱かったために五十代で死んだが、あとはみな長命で、殆《ほと》んど自然死に近い状態で世を去った。

祖父は私が十二歳の時、八十六歳で亡《な》くなったが、その時のことはよく覚えている。祖父は大磯に隠居していたが、危篤《きとく》だというので家族は病床のまわりに集まっていた。悲しいというより何か厳粛な雰囲気で、心身ともにひきしまった気持ちになったことを憶《おも》い出す。

やがて祖父は深い息を二、三度すると、妙にあたりが静かになり、「御臨終です」と、お医者さまがいわれた。いかにも最期《さいご》の生命の火が燃え尽きるという感じで、私の記憶に間違いがなければ、そういう呼吸のことをシャイネストークというと、あとから先生が話して下さった。空気は吸っても、吐く力を失った時が臨終で、「息をひきとる」という言葉もそこから出たものに違いない。

だが、この頃は、息をひきとることも、自由にはできなくなったらしい。なるべく長い間生かしておきたいのが身内のものの心情であり、また医者の責任でもあると思うが、実際には死んでいるものを、機械の力によって、さも生き存《ながら》えているように見せかけるのは、欺瞞《ぎまん》であり、失礼なことではあるまいか。

私の夫は三年前に八十三歳で亡くなったが、病院に入った夜から意識がなくなり、これという苦痛もなくて三日目に死んだ。いってみれば大往生なのであるが、ほかの家族の場合と違って、いまだに大往生を遂げたという気がしないのは、少なくとも最後の一日だけは機械によって生かされていたことが素人《しろうと》目にも明らかだったからである。たとえ無意識にせよ、昨日までは疑いもなく生きていた人間が、単なる物体となって横たわっていることは、私たちには堪えられなかったので、先生に確かめた上で機械や管をとりはずして頂いた。息をひきとることもなく、すべては一瞬のうちに終わった。

「醒《さ》めた御一家ですね」と先生はいわれたが、人間として当然のことをしたまでだと私は信じている。近頃は死の尊厳だの人権だのとやかましいことであるが、私はむつかしいことをいっているわけではない、せめて死ぬ時ぐらいは勝手に死なせてほしいと思っているにすぎない。

（「新薬と治療」三三三号　一九八九年）

白洲次郎の墓

三年前に白洲次郎が亡《な》くなった時、今までぼんやり眺めていた墓の数々が、私の目の前によみがえった。墓を建てる必要が生じたからである。

あれこれ考えているうちに、次郎には少し悪かったけれども、たのしみになって来た。いかなる場合にも、めそめそしているより、たのしむことの方が大事だというのがわが家の家風だからである。私は自分で墓の下絵を描いてみたり、墓碑銘を考えたりしている間に、次第にイメージが湧《わ》いて来た。あまり大げさでもいやだし、さりとてあり来たりの墓でもつまらない。というわけで、五輪塔の板碑を造ることにした。そんな形式があるのかどうか私は知らないが、五輪塔の形をした板碑という意味である。

幸い私には多くの職人さんの友達がおり、植木屋の福住さんが黒小松の古いのを持っていたので、それを使うことにきめ、彫刻は石工の高木辰夫《たつお》さんに頼むことにした。

ほんとうは次郎が「俺の墓」と書くつもりで、いかにも彼らしくて面白いと思っていたが、それは果たさずに終ったため、不動明王の種子《しゅじ》（梵字《ぼんじ》）を彫った。ついでに私の墓も造って貰《もら》ったので、その方は十一面観音の種子にした。別に観音さまを信仰しているわけではないが、前に『十一面観音巡礼』という本を書いた御縁による。

それでもさしさわりがあるといけないと思い、回峯行《かいほうぎょう》の光永阿闍梨《あじゃり》にうかがうと、「似合っていれば何でも構わない」といって下さったので、安心してそのようにした次第である。完成したのは一周忌の頃で、土壇を築くのも、墓石を建てるのも、みなお手の物の友達だけでして下さったのはうれしかった。次郎もきっと喜んでくれたと思う。

はじめは花筒も線香を立てる台もなかったが、それらはだんだんに揃《そろ》えて行った。墓は兵庫県の三田にあるが、丹波に近いので陶土があり、福森雅武《まさたけ》さんが墓の土で花立てを造り、線香を立てるのには陶器のサヤを用いた。形ばかりの祭壇も出来たし、休むための縁台も作ったので、今は人を待つばかりである。その人とは、もちろん私のことであるのは断わるまでもない。

ついでのことに書き加えておくと、兵庫県の三田では遠すぎて、墓参して下さる方に迷惑をかけるため、私が住んでいる家の一隅にも小さな墓を建て、次郎が生前に愛した食器その他、こまごましたものを埋めた。別に供養塔《くよう》とか詣墓《まいりばか》を気どったわけではなく、偶然私が持っていた鎌倉時代の三重塔が役に立った。私が留守の時でも、花が供えてあったりして、ひそかに参って下さる方たちがあるのをかたじけなく思っている。

（「芸術新潮」一九八九年八月号「私の墓巡礼」より）

昭和と私

昭和元年を私はニューヨークに程近いハイ・スクールの寄宿舎で迎えた。十六歳であった。その二年前から私は一人でアメリカに留学していたが、そんな年で外国の学校へ行くのは当時としては珍しかったのではないかと思う。もちろん私自身が望んだからでもあるが、父（樺山愛輔）も十四歳の時にアメリカへ留学していたし兄もプリンストン大学へ行っていたから、日本の将来のためを思って、国際的な一家に育てたかったのではあるまいか。私に関するかぎりそれはみごとに失敗に終ったが、明治の人間として一時も早く西洋の文化を子供たちに吸収させたく思ったのは当然のことで、母の身体《からだ》が弱かったために、母親の分まで教育に心を用いてくれたことを考えると、何と感謝していいかわからない心地がする。

父は自分の経験から、日本で英語を習っても何のタシにもならないといい、私は殆《ほと》んど英語を知らないままで女学校へ入った。

そこは五十人しか生徒をとらない家庭的な寄宿舎で、五軒の家にわかれて住み、広いキャンパスと、大きな樫《かし》の木の森にかこまれていた。子供のことだから英語を覚えるのにさほど苦労はしなかったが、その学校では万事につけて厳しい教育が行われており、日本で想像したような自由は一つも得られなかった。たださえ世間見ずの箱入娘が、そんな隔絶した環境で少女時代を送ったのだから、精神的にアンバランスになったのも止《や》むを得まい。今でもどこか間が抜けたところがあると自分でも気がついているが、私の一生は、その間隙《かんげき》を埋めるために生きて来たといっても過言ではないと思っている。

私はアメリカの大学へ行くつもりで、試験も既に通っていたが、一九二八年に急遽《きゅうきょ》日本へ帰されることになった。例の世界的な大恐慌《きょうこう》時代の始まりで、呑気《のんき》に留学なんかしていられる状態ではなかった。父は麴町《こうじまち》永田町にあった家も売り、大磯《おおいそ》の別荘に蟄居《ちっきょ》していたが、もともとそんな金持でなかった私どもは、急に生活が苦しくなったわけでもない。だが、父の無二の親友で、松方コレクションで有名な松方幸次郎氏の一家などは、一夜にして没落し、見るもむざんな有様だった。かつての私の級友の中にもそういう方たちは大勢いて、アメリカなんかに行っていたのが申しわけないような気がするのであった。

自分でいうのも羞《はずか》しいことだが、いかに厳しい学校とはいえ、四年もアメリカにいればチャキチャキのアメリカ娘に育ったのは当り前のことで、たぶん父は心配したのであろう。遊んでいてはいけないといい、毎日国文学と漢文を勉強することとなった。ちょうど大磯に国学院の鳥野幸次先生という方がいられたので、家へ来て教えて頂いたが、平安朝の文章《もんじょう》博士を想《おも》わせるような風格の人物で、深みのある美しい声の持主であった。

「いづれのおほん時にか、女御《にょうご》・更衣《かうい》あまたさぶらひたまひけるなかに……」と、静かな口調で「源氏物語」などを読まれると、何が何だかわからぬままにいい気分になったことを憶《おも》い出す。素読を主にされたのも、言葉の意味より文章の姿に重きをおかれたからで、その当時はただ眠くなるだけだったが、それがどんなに大切なことか今にして思い当るのである。

昭和四年の十一月に私は白洲次郎と結婚した。それから数日後に母が亡《な》くなったが、父はその死に目に会うこともなく、ロンドンの軍縮会議に出発した。その時父は、万一の場合は「コトオワッタ」とだけ電報を打つように言いおいて旅立った。何でもないようなことだが、親の後姿を子供がはっきりと認識するのはそういう時で、妻の死について同行の方たちにひと言も告げなかったのはいうまでもないことである。

白洲は貿易の仕事に従事していたので、毎年ヨーロッパへ通っていた。私もできるかぎりは同行したが、日本は次第にむつかしい時代に突入しており、五・一五事件や二・二六事件を知ったのもパリに滞在中であった。ドイツで私は大病をしてしばらく入院していたが、毎日のようにラジオを通じてヒットラーの演説が聞えて来る。私はドイツ語をぜんぜん知らなかったが、その声調にはワグナーの音楽のように人をわくわくさせるものがあり、最後に「アイン　フォルク・アイン　ライヒ」（一つの民族・一つの国家）とヒットラーが叫ぶと何万人という群集が一斉に、「アイン　ヒューラー」（一人の指導者）と絶叫する。それは絶叫というより、自然の森や草木やけだものが、人間とひと塊になって天地をゆるがすといった感じで、身の毛のよだつ思いがした。それまで私にはキリスト教の悪魔というものがよく理解できなかったが、その時はじめてこの眼で見たように思う。

次第に外国へも自由に行けなくなったので、私たちは東京の郊外に農家を買って住むことにした。ヨーロッパで戦争の恐《こわ》さを痛感していたからで、見よう見真似《みまね》で田畑をたがやし、炭まで焼いて自給自足の生活をはじめた。やがて戦争がはげしくなると、これがどんなに役に立ったかわからない。が、ほんとうに役に立ったのは、それとは別に自分で働くことの喜びを知ったことで、知ると同時に今まで私はいったい何をして来たのだろう、ほとんど夢のように暮していたのではないか、という不安感を持ちはじめた。「精神的なアンバランス」といったのはそういう意味である。

私はひたすら確かなものが見たいと思った。知りたいと思った。その頃私の家には河上徹太郎氏夫妻が東京の家を焼け出されて住んでおり、小林秀雄さんや今日出海さんなどが訪ねて来るようになった。彼らの会話の半分も私には通じなかったが、何か凄《すご》いことをいってるらしい。これこそ私が生きて知らねばならぬことなのだと、勝手にそんな風に思いこんでしまった。

私はお酒を飲むことを覚え、酔っぱらうことを知り、人の迷惑をもかえりみずしゃにむに彼らの付合いの中に割って入った。それがどんなに滑稽《こっけい》なことだったか、今から思うと冷汗が出るが、気違いといわれようが、馬鹿《ばか》野郎とののしられようが、後へ退《ひ》くことではない、ここを先途と戦ったが、実は一人相撲をしていたにすぎない。相手はみな一騎当千のつわものであったから、いいようにあしらわれているうちに、いつしか私の狂気は醒《さ》めた。醒めた頃にはひとりふたりと世を去って、最後に残った大岡昇平さんまで死んでしまった。

私にとっての昭和とは何であったのか。それは醒めるために見た夢であったような気がしてならない。今、私が曲りなりにも物を書いているのは、先生たちの恩に報いたいためで、幽明境を異にしようとも、彼らは私の心の中で生きつづけており、私が死んだあとまでも生きていてほしいと願うからである。

（「朝日新聞」一九八九年一月十八日夕刊）

対談

盗みの名人

白洲正子　阿川佐和子

阿川　一月に米寿になられて、おめでとうございます。ますますお元気そうで、一年に四冊も本を出されたり……。

白洲　そんなのザラよ（笑）。今年もまだまだ出るんですって。もう許してくださいという感じですよ。どこから何が出ているか、あたくし知らないの。

阿川　連載もお持ちですか。

白洲　昔はしてましたけど、今は三行ぐらい書いてもすごーくくたびれちゃうの。お喋《しゃべ》りのほうは平気なのよ。

阿川　よかった（笑）。今は、毎日どのようにお過ごしなんですか。

白洲　ぼやーっとしてる。八十幾つになってやっと、ぼやーっとしてる時間が大事だって分かったの。

阿川　やっと⁉

白洲　何しろ〝韋駄天《いだてん》お正〟と呼ばれたくらいでしょ。まずは駆けずり回って、目を大きく見開いて、何でも見ようみたいに思ってた。そんなことだめね。

阿川　だめどころか、今、若い女性の間で白洲正子ブームが起こっているんですよ。なぜ若い方に人気があると思われますか。

白洲　あたくしはねえ、若いときから自分のことしか書かなかったんですよね。大げさにいえば、自己発見という風なことを目指してたもんで……。人のことも構わないし、売れても売れなくてもいいやと思って本を出してたの。だから、今頃になって売れて、何だかおかしいような嬉《うれ》しいような気がいたします。恥ずかしくて、本屋の前は（顔をそむけて）こうやって通るの（笑）。

阿川　ものを書くのは、小さい頃からお好きだったんですか。

白洲　小学校一年生のときから好きだったの。毎日、先生のところへ綴方《つづりかた》を持ってってた。

阿川　どんなことをお書きになって？

白洲　それが生意気にもね、三年生ぐらいのときに、人の言う時間と自分の持ってる時間とは違うとかね。書くことと、お能が好きだった。

阿川　四歳から、梅若宗家に習いに行かれてたそうで。あんな難しいものを。

白洲　いやあ、あなた方と違って、もっと浮き浮きしたものだと思って観《み》てたの。今は「幽玄」になって偉いものになっちゃったもんだから、つまんなくなっちゃった。

もっと面白いのがいっぱいあるんですよ。斬《き》り合いもあるしね。

阿川 最初はご自分で演じるのが面白くて……。

白洲 うん。そりゃたまんないですよ。舞台に上がって、それはもう得意だわ（笑）。あたくし、十四歳から十八までアメリカに行ってたの。その間でもちゃんと扇は持ってたし。それが、芸の進むにつれて、だんだん分かってきたのよ。こんなとこで得意になっちゃいけないって。

阿川 何が分かってしまったんですか。

白洲 お能って、やっぱり男のものなのよ。手一本持ち上げるのでも、首ひとつ曲げるのでも、結局、腰からムッと行ってる。その力が女じゃ足りない。それが分かったとき、きっぱりよしてしまった。

阿川 お幾つのときですか。

白洲 五十ぐらい。今度は観るほうに回っちゃった。今のお能はつまんないんですね、型だけでやってて。子どもみたいに無心にできれば大変いいんだけど。でもね、お能っていうのはおかしなもんで、型だけでもいいからきちんと繋《つな》いでいけば、いつかポッと型から抜け出る人が出てくんのよ。

阿川 そういうものですか。（ビールの器を見ながら）これは何でしょう。

白洲　備前《びぜん》。焼き物ってのは、ビールに合うらしいわね。

阿川　私も、先日、備前に行きまして、初めて土をこねたり、ろくろを回したりしたんですが、あんなに楽しいものだとは思いませんでした。

白洲　よかったわね。体を使って何かするって、非常にいいことですよ。織物でも何でも。

阿川　私、昔、織物をやってたんですけど、ものにならずに転職したんです。

白洲　お見事な転職ぶりじゃない。

阿川　イヤー、何者にもなってなくて、白洲さんのご本を読むと、私は中途半端《はんぱ》な人間だなと反省することしきりです。

白洲　あたくし、作品つくろうとか、芸術を語ろうとか考えたこと一度もないんです。だから、学校で習うような歴史のお勉強ってしたことないの。結局、一生、遊んで暮らしてきたんですよ。でも、遊ぶってことも難しいと思う。

阿川　十九歳で白洲次郎さんとご結婚なさって。大恋愛でいらしたとか。

白洲　パーティみたいなんで会って、一目惚《ぼ》れでね。それが結婚してみたらタダの人で（笑）。

阿川　でも、身長百八十センチで、当時、イギリス留学からお戻りになったばかりでしょう。お写真を拝見するとモダンだし、お会いしてみたかったなあ。

白洲　見たとこ、外側はとっても洒落《しゃれ》てたの。今いても珍しいぐらいに。

阿川　外側だけじゃなくて、ご主人は後に吉田茂首相の参謀として日本国憲法の草案づくりに参加されたり、東北電力の会長を務められたほどの方でしょう。

白洲　あたくしが会った頃は、「ジャパン・アドヴァタイザー」という英字新聞にお能のことだとか、偉そうなこと書いてたのよ。それでそっちのほうの人だと思ったのが間違いで（笑）。

阿川　最初はどこがよかったんですか。

白洲　十八や九だから、やっぱり見たとこだけよ。結婚したら、日一日とガッカリしてって、終《しま》いに「なぁんだ、つまんない人だ」と思った（笑）。だいたいそういうもんじゃありませんか。

阿川　いや、分からないんです、結婚しそびれておりまして……。

白洲　あなた？　おめでとう（笑）。

阿川　あ、どうも。結婚当初は大変でいらしたそうですね。

白洲　ええ。一九二九年頃の大恐慌《きょうこう》で、両方とも親が事業に失敗して、一文なしになって。

阿川　それまでが伯爵《はくしゃく》家のお姫様でいらしたから、ご苦労でしたでしょう。

白洲　それほどでもないですよ。お姫様はもう少しおとなしいんじゃない。あたくしはがむしゃらに突っ走って行くほうで。戦争が起きてからは、皆さん、働きに行っちゃったから、（使用人が）誰もいなくなっちゃって、その時分からお風呂焚《ふろた》きでも何でもやりましたけど。

阿川　白洲さんは、ご子息お二人とお嬢さんをお持ちで。

白洲　放ったらかしなの。勝手に遊んでりゃいいと。だから、よかったと思うのよ。あたしが面倒なんかみてたらロクなことないから。

阿川　家事や育児にはあまり関心がおありにならなかったんですか。

白洲　ええ。お能ばっかりよ、その頃は。

阿川　三十歳で、三人目のお嬢様をお産みになった直後に、『お能』という五百枚の原稿を書いてらっしゃる。

白洲　あれはね、志賀直哉《なおや》さんと柳宗悦《むねよし》さんと福原麟太郎《りんたろう》さんがお勧めになったの。あたくしがいろいろお能の話をしたから、多少興味を持ってくだすったんじゃない。それで、二週間で五百枚書いて本を出したの。

阿川　二週間で⁉　書くことを仕事にしようと思われたんですか。

白洲　いいえ、あれも遊びなのよ。でも、書けて書けてしょうがなかった。だから、後で小林（秀雄）さんなんかに「あんなお喋りはだめだ」って怒られて。小林さんとか青山（二郎）さんに死ぬほどいじめられたのよ。あたし、三度も血を吐いたんですもの、胃潰瘍《いかいよう》で。

阿川　小林さんや青山さんと知り合われて、今度は骨董《こっとう》にのめり込まれた。

白洲　だって、面白いんだもん。あたくし、いつでも面白いということが先に立つの。

阿川　骨董は何が面白かったですか。

白洲　「骨董に魂がある」と言われると、一生懸命見るわけ、魂があるかないか。そうやって、物から習ったことは多いわね。日本の骨董ってのは奥深いですよ。骨董屋さんだって、客の買いっぷりを見ただけで、この人はどんな人だって見通すからね。

阿川　おー、怖い。白洲さんも怖かったですか。

白洲　ううん、あたくし怖いもんなんてないのよ。お終《しま》いのほうじゃあるのよ。だけど、初めは怖いとか、ちょっと遠慮するとかないの。飛び込むの。

阿川　それで失敗なさることもあるでしょう。これはいい物だと思って買って帰って……。

白洲　青ざめたりしてた（笑）。だけど、そういうつまんない骨董でも、つまんないことを教えてくれるし、いやだと思えばまたほかの骨董屋に売ればいいのよ。

阿川　どうやって？

白洲　そりゃ手練手管で、これは何とかでいいんだぞって騙《だま》くらかしたり（笑）。

阿川　騙されたことはありますか。

白洲　ありますよ。そしたら負けずに、騙して売っちゃう。骨董の付き合いの中に、「世間」そのものみたいなものがあんのよ。それも面白いの。

阿川　血を吐くほどいじめられても、小林さんや青山さんについていらしたのは？

白洲　やっぱり魅力があるからね、あの方たちは。モノの見方とか、生き方が。

阿川　骨董が分かってきたなと思われたのはいつ頃ですか。

白洲　まだ分かんないですよ。だから、偽物《にせもの》でもかまわず、好きだったら買う。これが第一なの。

阿川　白洲さんは、骨董屋さんが箱から品物を出している途中で、「あ、それ買う」ってお決めになるそうですが、迷われることはないんですか。

白洲　うん、好き嫌いが激しいからね。

阿川　ご自分が好きだわと思った物を、意地悪な青山さんや小林さんが「そうかねえ」とおっしゃったら……。

白洲　必ず、そう言われるのよ。でも、終いにはだんだん自信がついて、「先生たちが何と言おうと、あたしはこれが好きだから買う」って言うの、ハハハ。

阿川　好き嫌いが成長するポイント。

白洲　そうです。何でも、好きだったら成長しますよ。ただ、ひどく好きでなきゃだめなの。もう夢中にならなくちゃ。

阿川　時間も少しかかりますね。

白洲　少しどこじゃない。一生かかってんの、あたしなんか。

阿川　人間も骨董のように、一目見て分かりますか。

白洲　ええ、顔見た途端に分かるわね——だいたいは、よ。

阿川　（自分の顔を指でさして）これはどんなもんでしょうか。

白洲　いい方《かた》だわよ。大好きだわよ。

阿川　ありがとうございます、気を遣っていただいて（笑）。世の中の人が、この人は素晴らしいと認めていても、白洲さんは「ケッ、何言ってるの」とお思いになることもあるでしょうね。

白洲　そりゃもう、しょっちゅう。何だ、こんなものと思う。

阿川　たとえば、最近話題の（北大路）魯山人については、厳しくていらっしゃる。

白洲　魯山人って面白い人だったんですけど、とにかくしょうがない。いい物つくることはつくるんだけど、可哀相《かわいそう》に育ちが悪いんだと思うの。貧乏という意味ではないですよ。たとえば友達が来てるでしょ、そこに大金持ちが現れると、そっちへ夢中になるような人なの。
阿川　お金持ちにすり寄って行く。
白洲　そう。だから、そういう意味から言えば、くだらない人よ。
阿川　浜田庄司さん（大正〜昭和期の陶芸家）についても、晩年だめになったとお書きになってますね。
白洲　金儲《もう》けに走ってね。やっぱり売れるから雑になってきた。そういうことって、人間だからあるわよね。だけど、そこでぐっと踏まえてる人は偉いと思うの。
阿川　たとえば？
白洲　小林さんなんかは、そういう人たちの一番の柱でしょう。
阿川　小林さんや青山さんに幻滅なさったことはないんですか。
白洲　生きてる間はなかったですね。あたし、この頃しょっちゅう、亡《な》くなったあの方たちと飲んだりする夢を見るのよ。それで、「ああ、これが足りないな」とかって思う。

阿川　お二人に何が足りないと？
白洲　言ってることでさ──たとえば最近知り合いになった多田富雄さんとか河合隼《かわいはや》雄《お》さんなんかの言ってることのほうが本当だなあと思うことあるの。ま、時代のせいもあるしね。このお二人からも、あたし、いろんなことを教わった。
阿川　今でも、いろんな方からいろんなことを吸収なさる。
白洲　それだけしか興味ない。あたし、盗みの名人なのよ。いい人間に会えばいいとこ盗んじゃう。
阿川　じゃ、人に会うのは苦になりませんか。
白洲　ちっとも。どんなつまんない人でも、必ずいいところはあるからね。
阿川　以前、銀座で「こうげい」というお店を経営なさってましたよね。
白洲　十五年ぐらいやってたかしらね。
阿川　商売を始めることは、ご主人様は反対なさらなかったんですか。
白洲　うん、平気。向こうのほうが貿易をやっていたこともあって商売は知ってるから、協力的だった。少しはおとなしくなると思ったのよ、フッフッフ。
阿川　結婚してから本を次々お出しになって、奥様の名が世に広まっていくことは、どうおっしゃってましたか。

白洲　外では得意だったらしい。「よく勉強する」なんて言ってたんだって。
阿川　お勉強といえども、奥様がいつも男の方たちに囲まれて、ご主人は心配なさらなかったんでしょうか。
白洲　そこはずいぶん我慢したと思うの。だって、あたしはしょっちゅう朝の六時に帰ってきたりなんかするでしょう。
阿川　朝まで何なさってたんですか。
白洲　飲んでたのよ。だって、飲まないと、あの方たち喋らないからさ。それを怒らないで黙っていてくれたことは、有り難いと思ってる。
阿川　それでもご主人は、怒ったり文句をおっしゃったりしないんですか。
白洲　そう。文句を言うなんてのは、イングリッシュ・ジェントルマンの沽券《こけん》に関わると思ってたのでしょう。
阿川　喧嘩《けんか》をすることは?
白洲　あたしは喧嘩がしたくてしたくてたまんないのね。だけど、いくら仕掛けても向こうが乗ってこない。女と喧嘩するなんて最低だと思ってたんじゃない。人を馬鹿《ばか》にしてるわね。ちゃんとまともに付き合えばいいのに。
阿川　妻として母として、ご家族のことは……。

白洲　忘れてて、あたしが動けなくなってからですよ、付き合ってんのは（笑）。
阿川　じゃ、相当な……。
白洲　悪妻（笑）。でも、あっちも忙しかったでしょ、GHQと折衝したり。それに、次郎さんは次郎さんでもって、あたしとは別個に小林さんや青山さんを好きで付き合ってたのよ。
阿川　じゃあ、ご主人様と冷たい関係だったわけじゃないんですね。
白洲　じゃない。冷たい関係って言えば、最初から冷たかったから、フフフ。そのほうがよかったのよね、次郎さん本人も。ベタベタされるの嫌いだったから。同じ家にいたけど、別個の生活してて大変うまくいってた。
阿川　お互いに勝手に生活して。
白洲　ええ。だって、まるで違うんだもん。西洋人みたいな人でね。
阿川　白洲次郎さん以外にそちら方面で心を動かされた方は?
白洲　あなたが言うのはセックスみたいなもんでしょ。
阿川　えっ、いや、そこまでは……、そうじゃなくて、恋心とかドキドキとか。
白洲　恋心? まさに、そうじゃない。そりゃいっぱいあったわよ。だけど、みんな手出しはしなかった。

阿川　たとえば、どんな方を……。
白洲　クライスラーとかケムプとか。
阿川　エーッ、クライスラーって、音楽家の？
白洲　ええ。遠くて安全なもんで、西洋人のほうが多かったかもしれない。
阿川　スケールが違うぞぉ（笑）。結婚しなかったら、もっといろんなことができたと思いますか。
白洲　ないですね。あたしもよく考えるけど、ほかに誰っていないわね。
阿川　次郎さんが最高？
白洲　うん。
阿川　ふーん、いい結婚だなあ。
白洲　うん、まあね。あの程度のもんでしょ、ハッハッハ。
阿川　お幸せでしたね。
白洲　幸せだったわよ。あたし、いつも幸せよ、アハハハハ。
阿川　これから、まだまだお書きになりたいことがあるんですね。
白洲　ないです。もう死ぬばかり。
阿川　まだ、だめです。

白洲　死んでもおんなしようなことだと思うの。だから、あたくし、あんまり生にも死にも執着しない。どっちでもいいと思ってる。

（「週刊文春」一九九八年三月五日号　文春文庫『阿川佐和子のアハハのハ』所収）

あとがき　「ほんもの　白洲次郎のことなど」の人びと

牧山桂子《かつらこ》

正子が亡《な》くなってから、十五年余が経《た》ちました。

生前の母を御存知の方が少くなった為《ため》でしょうか、最近彼女の再版の本のあとがきなどの御依頼が私にあります。

私は、常々、自分の親を種にして生活している人を、誰それさんの子供業などと言って、軽蔑《けいべつ》をしておりましたが、両親が暮らした家を〈武相荘《ぶあいそう》〉として公開した事や、この様にあとがきなどを書く事といい、知らず知らずのうちに子供業になっていると気付き、愕然《がくぜん》としております。

最後の砦《とりで》というか、良心というか、せめて親の事を平常心で、一歩引いた所から見ていこうと思います。

私が育った家では、日本語の奥にある隠れた意味までは理解していなかったのではないかと思われる父を除いて、話を面白くする為《ため》の、ある程度の話の創作は、「それはおはなし」という一言で許される風潮がありました。

私は、「それはおはなし」を発見するのもおそろしく、母の書いたものをあまり読んだ事がありません。

意を決して、読んでみたこの本がなかなか興味深かったのは、登場人物の方たちの多くが、鶴川の家にみえたり、銀座にあった母の店の「こうげい」に立ち寄ったり、母にくっついて音楽会や食事に行ったりした時にお目にかかった事があるからでしょうか。

皆さんが、まだ大人に成っていなかった私には、それなりに接して下さいましたので、この本にある、子供には知るよしもなかった、大人のつき合いにびっくりしました。

青山二郎さんには、「じーちゃんは横顔が犬のちんに似ていて、可愛《かわい》い」などと、失礼な事を言った覚えがあります。

小林秀雄さんは、「人間は汗して働かなくてはいけない」という事と、「漫画でもよいから、活字を読まなければいけない」と、言われました。

京都に、晩年の秦秀雄さんと同じ様に、お店を持たないで、骨董《こっとう》を扱う方がいらっしゃいましたが、小林さんは母に「彼には子供が懐《なつ》くけれど、秦さんには懐かない」

と、言われたそうです。そんな事はないと、思いましたが、現に私も京都に行くと、骨董などはどうでもよく、彼の家に入りびたり、炬燵《こたつ》に入ってごはんを食べて、ついには昼寝をするといった具合で、秦さんの家ではあんな事は出来ないと考え直し、面白い事に気が付くおじさんだと思いました。

秦さんは、蚊取り線香を入れる豚だとか、駅弁についている陶器のお茶入れなどを出して来て、母を感心させていました。その度に、売れとか嫌だとかの押し問答が見られるのでした。

梅原龍三郎さんは、両手に鉛筆を持って、道順を説明しながら、両手で自由自在に地図を書かれていたのを見て、さすがに天才画家は違うものだと思いました。

自慢ではありませんが、私は日本橋の「壺中居《こちゅうきょ》」で骨董を見せて頂いた事はありません。よく母にくっついて行き、母が、細川さんの殿様達と、骨董を前に歓談をしている間に、大きな部屋ほどもある骨董の入っている金庫の中をのぞいてみたり、隣の犬屋さんで小犬を見たり、高島屋の中をぶらぶらしたりしていましたが、そのうちに一人でも出掛けて行く様になりました。

お目当ては、御主人の広田煕さんが出前を取って下さる、鰻《うなぎ》やおすしで、東京の空襲の時に鰻屋さんの御主人が、たれの壺《つぼ》だけを抱えて逃げたなどの、楽しいお話も魅力的でした。

とうとう、中華料理店での壺中居の忘年会にまで参加する始末で、さすがに遠慮がちだった私に、広田さんは、箸《はし》の袋に、漢字は忘れてしまったのですが、プヨカウチと中国語で書いて、お客さんと思わないでという意味だと、言って下さいました。

「平野屋」さんには、子供の時に連れて行ってもらいました。何か子供心に、お料理屋さんではない、お寺の様な空気を感じたのを覚えています。今回「鮎《あゆ》だより」の項を読んで、それは鮎に対する平野屋さんの敬意の表われだと思いました。

その時に食べた鮎は、あまりにもおいしく、無制限に食べ続け、自家中毒の様になってしまい、それ以後、長い間鮎が食べられなくなって、本当に残念な事をしました。長い間に、その記憶も薄れ、近いうちに平野屋さんをおたずねしてみようと思います。

その時に、お豆腐が嫌いだった父が食べているのを見てびっくりしたと、母に大人に成ってから言いました所、「フン、観念的な奴《やっ》だ」の一言でした。

母は、彼女の朝帰りに、父は文句は言わなかったと、書いていますが、よく私には、お前のおふくろはあけ方に帰って来た、どうかと思うなどと、ブツブツ言っておりました。

気の弱いところもあった父は、直接言って口喧嘩に負けるのも、口惜《くや》しかったのでしょう。

この様に、平素から、お互いの悪口を、私が閉口する程言い合っていた両親ですが、まったく違う二人だけの世界があったのではないかと、この本を読んで思う様になりました。

「なんとかなるサ」に、頼りになる友達はいなくなり、夫も死んでしまって、ほんとうに独りぼっちになった感がする、とあります。私には、「子供がいなかったらと思うとゾッとする」などと言っておりましたが、彼女の人生では、精神的には、友達や夫が頼りで、子供は、物理的にだけ必要な様で、じゃ私は何なのよと言いたい所です。

阿川佐和子さんとの対談で、子供はほったらかしと言っていますが、その通りで、結果は、私をはじめ、碌《ろく》な事になっていません。

（白洲正子氏長女）

この作品は平成二十六年二月新潮社より刊行された。

白洲正子著

日本のたくみ

歴史と伝統に培われ、真に美しいものを目指して打ち込む人々。扇、染織、陶器から現代彫刻まで、様々な日本のたくみを紹介する。

白洲正子著

西　行

ねがはくは花の下にて春死なん……平安末期の動乱の世を生きた歌聖・西行。ゆかりの地を訪ねつつ、その謎に満ちた生涯の真実に迫る。

白洲正子著

白洲正子自伝

この人はいわば、魂の薩摩隼人。美を体現した名人たちとの真剣勝負に生き、ものの裸形だけを見すえた人。韋駄天お正、かく語りき。

白洲正子著

私の百人一首

「目利き」のガイドで味わう百人一首の歌の心。その味わいと歴史を知って、愛蔵の元禄時代のかるたを愛でつつ、風雅を楽しむ。

牧山桂子著

次郎と正子
―娘が語る素顔の白洲家―

幼い頃は、ものを書く母親より、おにぎりを作ってくれるお母さんが欲しいと思っていた――。風変わりな両親との懐かしい日々。

白洲次郎著

プリンシプルのない日本

あの「風の男」の肉声がここに！　日本人の本質をズバリと突く痛快な叱責の数々。その人物像をストレートに伝える、唯一の直言集。

青柳恵介著
風の男 白洲次郎
全能の占領軍司令部相手に一歩も退かなかった男。彼に魅せられた人々の証言からここに蘇える「昭和史を駆けぬけた巨人」の人間像。

田辺聖子著
孤独な夜のココア
心の奥にそっとしまわれた甘苦い恋の記憶を、柔らかに描いた12篇。時を超えて読み継がれる、恋のエッセンスが詰まった珠玉の作品集。

田辺聖子著
新源氏物語
（上・中・下）
平安の宮廷で華麗に繰り広げられた光源氏の愛と葛藤の物語を、新鮮な感覚で「現代」のよみものとして、甦らせた大ロマン長編。

田辺聖子著
新源氏物語
霧ふかき宇治の恋
（上・下）
貴公子・薫と恋の川に溺れる女たち。巧みな構成と流麗な文章で世界の古典を現代に蘇らせた田辺版・新源氏物語、堂々の完結編！

田辺聖子著
田辺聖子の古典まんだら
（上・下）
古典ほど面白いものはない！『古事記』『万葉集』から平安文学、江戸文学……。古典をこよなく愛する著者が、その魅力を語り尽す。

小林秀雄著
Xへの手紙・私小説論
批評家としての最初の揺るぎない立場を確立した「様々なる意匠」、人生観、現代芸術論などを鋭く捉えた「Xへの手紙」など多彩な一巻。

小林秀雄著 **作家の顔**

書かれたものの内側に必ず作者の人間があるという信念のもとに、鋭い直感を働かせて到達した作家の秘密、文学者の相貌を伝える。

小林秀雄著 **ドストエフスキイの生活** 文学界賞受賞

ペトラシェフスキイ事件連座、シベリヤ流謫、恋愛、結婚、賭博——不世出の文豪の魂に迫り、漂泊の人生を的確に捉えた不滅の労作。

小林秀雄著 **モオツァルト・無常という事**

批評という形式に潜むあらゆる可能性を提示する「モオツァルト」、自らの宿命のかなしい主調音を奏でる連作「無常という事」等14編。

小林秀雄著 **本居宣長** 日本文学大賞受賞（上・下）

古典作者との対話を通して宣長が究めた人生の意味、人間の道。「本居宣長補記」を併録する著者畢生の大業、待望の文庫版！

小林秀雄 岡潔著 **人間の建設**

酒の味から、本居宣長、アインシュタイン、ドストエフスキーまで。文系・理系を代表する天才二人が縦横無尽に語った奇跡の対話。

小林秀雄著 **直観を磨くもの** —小林秀雄対話集—

湯川秀樹、三木清、三好達治、梅原龍三郎……。各界の第一人者十二名と慧眼の士、小林秀雄が熱く火花を散らす比類のない対論。

井伏鱒二著
駅前旅館
昭和30年代初頭。東京は上野駅前の旅館を舞台に、番頭たちの奇妙な生態や団体客が巻き起こす珍騒動を描いた傑作ユーモア小説。

井上靖著
あすなろ物語
あすは檜になろうと念願しながら、永遠に檜にはなれない〝あすなろ〟の木に託して、幼年期から壮年までの感受性の劇を謳った長編。

井上ひさし著
父と暮せば
愛する者を原爆で失い、一人生き残った負い目で恋に対してかたくなな娘、彼女を励ます父。絶望を乗り越えて再生に向かう魂の物語。

池波正太郎著
男（おとこぶり）振
主君の嗣子に奇病を侮蔑された源太郎は乱暴を働くが、別人の小太郎として生きることを許される。数奇な運命をユーモラスに描く。

色川武大著
うらおもて人生録
優等生がひた走る本線のコースばかりが人生じゃない。愚かしくて不格好な人間が生きていく上での〝魂の技術〟を静かに語った名著。

伊丹十三著
女たちよ！
真っ当な大人になるにはどうしたらいいの？マッチの点け方から恋愛術まで、正しく、美しく、実用的な答えは、この名著のなかに。

伊丹十三著
日本世間噺大系

夫必読の生理座談会から八瀬童子の座談会まで、思わず膝を乗り出す世間噺を集大成。リアルで身につまされるエッセイも多数収録。

石井妙子著
おそめ
―伝説の銀座マダム―

かつて夜の銀座で栄光を摑んだ一人の京女がいた。川端康成など各界の名士が集った伝説のバーと、そのマダムの華麗な半生を綴る。

内田百閒著
百鬼園随筆

昭和の随筆ブームの先駆けとなった内田百閒の代表作。軽妙洒脱な味わいを持つ古典的名著が、読やすい新字新かな遣いで登場！

遠藤周作著
母なるもの

やさしく許す〝母なるもの〟を宗教の中に求める日本人の精神の志向と、作者自身の母性への憧憬とを重ねあわせてつづった作品集。

岡本かの子著
老妓抄

明治以来の文学史上、屈指の名編と称された表題作をはじめ、いのちの不思議な情熱を追究した著者の円熟期の名作9編を収録する。

川端康成著
古都

祇園祭の夜に出会った、自分そっくりの娘。あなたは、誰？ 伝統ある街並みを背景に、日本人の魂に潜む原風景が流麗に描かれる。

ほんもの
—白洲次郎のことなど—

新潮文庫　し-20-15

平成二十八年十一月一日発行
令和四年七月三十日三刷

著者　白《しら》洲《す》正《まさ》子《こ》

発行者　佐藤隆信
発行所　株式会社 新潮社
郵便番号　一六二—八七一一
東京都新宿区矢来町七一
電話　編集部(〇三)三二六六—五四四〇
読者係(〇三)三二六六—五一一一
http://www.shinchosha.co.jp
価格はカバーに表示してあります。

乱丁・落丁本は、ご面倒ですが小社読者係宛ご送付ください。送料小社負担にてお取替えいたします。

印刷・錦明印刷株式会社　製本・錦明印刷株式会社

ISBN978-4-10-137915-9 C0195